KB057810

문을 열고 나오면,
마을

문을 열고
나오면, 마을

김진희 지음

칠 조 (비조) 회 관

도서출판 모시는사람들

네가 오길 기다리고 있었어

비조마을의 밤은 아름답습니다. 마당에 나가면 검푸른 하늘에 북두칠성이 반짝이며 "이제 나왔어?"라고 말을 거는 것 같습니다. 봄에서 여름으로 계절이 바뀔 때는 뻐꾸기 소리, 개구리 소리, 호랑지빠귀 새소리, 여름이 한창일 때는 풀벌레 소리가 들립니다. 어둠 속에 내 모습이 묻히고 살며시 풀을 밟고 걸어 봅니다.

비조마을의 낮은 아름답습니다. 산과 하늘을 배경으로 해가 뜨고 지는 사이 마을 사람들은 만물이 조화를 이룬다는 만화리 이름의 뜻 그대로 살아갑니다.

비조마을에 이사 올 때는 평생 살겠다고 생각했습니다. 마을은 지친 몸과 마음을 고요히 품어 주었습니다. 산책을 하며 날마다 계절마다 달라지는 풍경에 감탄하며 고향이 있는 사람들을 부러워하던 마음이 없어졌습니다. 어느 날은 내가 이곳을 많이 좋아하는걸 알게 되었고 어느 날은 이곳을 많이 좋아하는 힘으로 다른 곳에서도 살 수 있겠다는 생각이 들었습니다.

고향을 아름답다고 생각하는 사람은 아직 미숙한 초보자이고,

모든 땅을 자기 고향으로 보는 사람은 이미 강한 사람이다.

그러나 전 세계를 하나의 타향으로 보는 사람은 완벽하다.

— 성 빅토르 위고(독일의 수도사 철학자)

고백하자면 나는 개인적이고 냉소적인 사람이었습니다. 마을과 마을 사람들이 들려주는 이야기를 들으며 나라고 생각했던 것들이 내가 보는 것과 듣는 것으로 바뀌어 갑니다. 천천히 스며들 듯 바뀌어 알아채지 못하다가 마을 이야기를 쓰면서 알게 됩니다.

생태적지혜연구소 신승철 소장님이 웹진에 '만화리 통신'이라는 제목으로 마을 소식을 실어 달라고 하셨을 때 기쁘고도 떨리는 마음으로 시작했습니다. 전체적인 연재 기간이나 어떤 주제로 쓰겠다고 정해 두지 않았고 이야기가 다가올 때를 기다리면 된다는 막연한 믿음이 있었습니다. 마을을 이상적인 곳으로 그리지 않기를 바랐지만 보이는 앞면에 꼭 붙어있는 뒷면은 쓸 수 없었습니다.

어릴 때 읽은 책 가운데 (파랑)새를 데리고 파랑새를 찾아 나선 틸틸과 미틸의 이야기를 기억합니다. 마을을 걸으며 보이는 풍경과 만나는 사람들, 그들이 들려주는 이야기가 파랑새입니다.

2023년 9월 만화리 비조마을에서 김진희

문을 열고 나오면, 마을

프롤로그: 네가 오길 기다리고 있었어 - 4

제1부 유혹하고 섬기고 물들다 / 9

만 가지 이야기가 어우러지는 마을 ──────── 11

비조마을 걸크러쉬, 본동댁 ──────── 19

마을은 봄! ──────── 27

그때가 살기 좋았다, 요새보다 ──────── 33

겨울밤이 깊어 갑니다 ──────── 47

사람이 용기 생기면 사는 모양이더라 ──────── 53

"뻴개이 때문에 그렇다는 얘기를 많이 들었어" ──────── 61

5년 뒤에 나는 더 이상 늙지 말고 요대로 ──────── 69

제2부 마을에 살다 마음을 잇다 / 75

문을 열고 나오면, 마을 ──────── 77

과거와 현재가 만나는 곳, 비조마을회관 ──────── 83

삶이 예술이 되는 마을 ──────── 91

겨울이 가고 봄이 오는 순간들 ──────── 97

옛날 이름, 옛날이야기 ──────── 103

마을 논이 큰 갓 아래 서도가리 ──────── 109

모두가 즐기는 비조마을 배움터 한마당 ──────── 117

제3부 아이도 어른도 함께 배우고 자란다 / 127

마을에서 노는 아이들 ——————————— 129

온 마을이 아이를 키웁니다 ——————————— 135

마을 작가는 마을을 걷는다 ——————————— 141

마을 달력 만들기 ——————————— 147

마을 학교 꿈꾸기 ——————————— 153

찐 계란과 삶은 고구마를 곁들인 마을 학교 ——————— 163

계속 이어지는 공부가 즐거운 마을 학교 ——————— 169

슬기로운 지구인 되기 ——————————— 179

우연, 뜻하지 않게 저절로 생겨 묘하게 일어나는 일들 —— 193

그렇게 들여다보는데 안 크고 베기겠어요! ——————— 199

마을 이야기와 배움을 나누는 학교협동조합 ——————— 205

삶을 디자인하는 아이들 ——————————— 211

제4부 마을을 보며 나를 본다 / 221

아주 특별하고 귀중한 것 ——————————— 223

해님은 집에 가고… ——————————— 229

당신이 찾고 있는 것도 당신을 찾고 있다 —————— 235

마을에서 철학하기 ——————————— 241

만화리 치술령, 여신의 땅 ——————————— 249

에필로그: 그냥 이야기 그냥 사진 - 257

제1부

유혹하고 섬기고 물들다

만화리는 울산시 울주군 두동면에 있습니다.
보통은 만화리를 아는 사람들을 만나는데,
모르는 사람에겐
'선바위에서 봉계 가는 길에 있고
봄가을에 등산하러 많이 가는 치술령이 있는 마을'
이라고 말해 줍니다.
울산 지리를 모르는 사람에겐
'경주에서 부산 가는 길에 있고 동해바다 쪽이
아니라 내륙으로 가는 길'
이라고 알려 준답니다.

만 가지 이야기가
어우러지는 마을

- 할머니들 이야기

만화리는 울산시 울주군 두동면에 있습니다. 보통은 만화리를 아는 사람들을 만나는데, 모르는 사람에겐 '선바위에서 봉계 가는 길에 있고 봄가을에 등산하러 많이 가는 치술령이 있는 마을'이라고 말해 줍니다. 울산 지리를 모르는 사람에겐 '경주에서 부산 가는 길에 있고 동해바다 쪽이 아니라 내륙으로 가는 길'이라고 알려 준답니다.

2012년부터 비조마을 주민

우리 가족은 2012년 5월부터 만화리 비조마을에 살고 있어요. 아이가 두 돌을 갓 넘겼을 무렵이에요. 기저귀를 떼지 않았고 짧은 말만 하던 아기였어요. 금방 여름이 되었고 큼직한 런닝만 입히고 (노상방뇨도 했다는 이야기는 안 할 거고, 그렇게 기저귀를 뗐다는 이야기는 할래요) 마을을 산책하러 다녔답니다.

날씨가 덥든 말든 아이는 밖으로 나가자고 했고, 아이가 이끄는 대로 아침 먹고 동네 한 바퀴, 점심 먹고 낮잠 자고 한 바퀴 더 다니곤 했어요. 밭에서는 할머니들이 일을 하고 계셨고, "안녕하세요!"

하고 인사를 하면 "누구고?" 하고 물으세요. "계촌댁 할머니 앞집에 이사온 새댁"이라고 답하고는 앉아서 이런저런 이야기를 나눕니다. "아이 키우기는 시내보다 여기가 낫지. 요런 애를 얼마 만에 보냐!" 하셨어요. 우리 아이가 제일 어린 마을 주민이었어요.

할머니들한테는 농사일을 많이 물어봤어요. "지금 뭐 심으세요? 뭐 심으셨어요? 나도 씨앗 사서 뿌려야겠다. 우리 집엔 오이를 심었는데 꽃이 피다가 시들어서 오이가 안 나요. 뭐가 잘못됐어요?" "물을 안 줬거나 거름이 시원찮겠지." 할머니들은 안 보고도 척! 아신답니다.

메믈은 메밀, 바래기는 풀

경상도가 고향인 저는 할머니들의 사투리는 대부분 알아듣지만 가끔 처음 듣는 말이 있어요. 마산댁 할머니(기용조 님)랑 이런 이야기를 나눴어요.

"시골 안 살아 보이 아나. 시골에 살아도 모리더라(모르더라). 우리 둘째는 메믈을 갖고 오라 하이까네 한참을 있어도 안 와."
— 메믈이 뭐예요?
"메밀이지. 한참 만에 와 가지고는(와서는) 보이끼네(보니) 바래기 씨를 갖고 왔어."
— 바래기 씨는 뭐예요?
"풀씨."
— 메밀이랑 비슷하게 생겼어요?
"은지(아니). 천지차이라."
— 메밀은 아는데 메밀 씨는 어떻게 생겼는지 몰라요.
"그렇다니까. 시골 안 살아 보이 아나. 시골에 살아도 모리더라."

친구랑 같이 있으면 뭔들!

요즘 같은 추수철엔 할머니들이 바빠서 마을회관에도 잘 안 오

세요. 가을걷이가 끝나고 김장도 끝나면 겨울이고 한가해져서 따뜻한 마을회관에 오신답니다.

마을회관에 모여 윷놀이를 하시는 할머니들께 물었습니다.

— 언제가 재미있었어요? 몇 살 때요?

"열 몇 살 먹었을 때지. 시집가는 언니들 이불 한다고 친구들이랑 밤늦게까지 바느질하고 수놓으면서 이야기하고 그럴 때. 모여 있으면 그렇게 재미있는데."

삐딱가리마

계촌댁(정차분 님)이 옛날에 멋 부린 이야기를 하니 옆에서 도호댁

(정태옥 님), 본동댁(한윤오 님), 마산댁도 그래그래 하면서 같이 이야기를 하십니다. 할머니들 멋 부린 이야기 '삐딱가리마'를 소개합니다. 할머니들의 구수한 입말을 알기 쉬운 말로 다시 쓰면 노래 같고 시 같은 이야기의 맛을 잃어버려요. 소리 내어 읽어 보세요. 못갖춘마디로 노래할 때처럼 반 박자 쉬고 시작하면 더 생생하게 살릴 수 있답니다.

"삐딱가리마 타마 그때 멋지긴다고(멋 부린다고) 이래 가리미 이쪽에 타면 맞아 죽었다.

열대여섯 살 먹었을 때, 두 가지기 머리 뿥짜바매(붙잡아 매) 댕기고 고등학생 되면 두 가지기 안 댕기나.

귀밑가치도 풀어가 그냥 멋지긴다고(멋부린다고) 땋아가 있으면 '느그(너희) 엄마 애비 죽었나. 어디 그거 풀어가 댕기노' 크고(하고) 야단나니라 마.

여부터 요래가 따-ㅎ가 여개다가 합해가, 요새도 그래 나오데. 탁 바른 가리미 해가 신랑각시 결혼하마 이제 귀밑가치 풀어가 안 하나. 그러니 귀밑가치 마주본 부부라 안 하나. 삐딱가리마 탔다카마 맞아죽는다. 요래 탁 복판같이 안 타고 여개다 타가지고, 멋지기 본다고 이래하며 야단나니라. 예전에 콧띠 요거를 재가 가리미 타가 귀밑가치 땋고 그래야 되지."

예전에는 머리 한가운데에 가르마를 타고 양쪽으로 옆머리를 땋아 귀 뒤로 넘기고 뒤에서 머리를 땋는 게 보통이었다고 합니다. 멋쟁이들은 가운데 가르마를 타지 않고 옆가르마를 타고 귀밑머리를 풀어 양갈래로 땋았대요. 60~70년대 여고생 머리였을 텐데, 할머니들은 그보다 훨씬 전부터 양갈래 머리를 하며 멋을 냈고, 그러다가 어른들한테 야단맞았다고 합니다.

처음으로 나이트 갔을 때(feat. 정태옥)

"내가 처음에 나이트 갔을 때 얘기해 줄까?"
하시며 도호댁 할머니가 이야기를 하십니다. 만화리는 '만 가지 이야기가 어우러지는 마을'이니까 이야기에 이야기가 이어집니다.
"거 왜 춤추는 데 아 있나. 처음 가이까네 번들번들 하이 신발을 벗고 들어가야 되나 어째야 되나 싶은 기 겁이 나가 벗고 들어가면 넘새할라 싶으고, 신고 가면 실수할라 싶어 다른 사람 들어가는 거 보고 그래가 들어갔지. 신고 들어갔지."

번쩍번쩍거리는 나이트클럽에 처음으로 들어가니 바닥도 반들반들해서 신발을 벗고 들어가야 되나 생각하셨다지요.
부모님이 술도가를 하셔서 택호가 '도호댁'이었어요. 마을 주민들이 바닷가에 놀러갔을 때 버스 안에서 이미자의 동백아가씨와 섬마을 선생님을 고운 목소리로 부르셨어요. 사진을 찍으려 하면,

주름도 많은데 뭣 하려고 찍느냐고 손으로 얼굴을 가리시곤 했고, "지우 엄마 나왔어요?" 하시며 처음에 건네는 말은 항상 존대해 주셨지요. 이렇게 도호댁 할머니를 생각하는 것은 지난 봄 돌아가셨기 때문입니다.

사람들이 "왜 시골로 이사 갔어요?"라고 물으면, "어릴 때 시골에서 자라서인지 마당 있는 집에 가고 싶었고, 아이가 태어나니 아파트가 너무 답답했다"고 답했어요. 내가 이해되고 남도 이해될 법한 대답이지요. 그러다 어느 날은 같은 질문에 "땅이 부른 것 같아요." 하고 답했어요. 마음에서 나온 말이라는 건 알지만 지금도 무슨 마음인지는 모르겠어요. 비조마을에 살다 보면 자연히 알게 되겠지요.

비조마을 걸크러쉬,
본동댁

자네 집을 우리 아버지가 지었잖아

2021년 가을 울주군 마을공동체 '만화공감'* 소개 영상 촬영을 했습니다. 어떤 내용으로 할지 한참을 고민했습니다. 할머니들이 들려준 옛날이야기, 어린이 기자단의 마을 소식지 만들기, 마을 지도 그리기, 소소한 마을 전시회, 마을 동아리…. 많은 일을 했는데 2분에 담을 내용을 간추리기가 만만치 않았습니다.

그때 옆집 할머니 한윤오 님이 떠올랐습니다. 저에게 만 가지 이야기가 어우러지는 마을 이야기를 쓰고 싶다는 생각이 들게 해 주셨어요. 오래전 그러니까 10년쯤 되었지요. 아이와 산책하다 할머니 집 마당에 같이 앉아 이런저런 얘기를 나누는데,

"자네 집을 우리 아버지가 지었잖아. 산에서 나무해 가지고 지었지. 어른들은 일하고 나는 동생들 보고…. 내가 야(이 아이)보다 쪼매 더 컸을라. 그런 게 뭐 할 줄 안다고 그랬나 몰라. 다는 못 짓고 보국대를 갔어. 그때는 '일제시대'랬지."

---

* 만화공감은 만화리 비조마을 주민공동체의 이름이며 2016년부터 울주군 마을공동체 만들기 사업을 진행하고 있습니다.

하셨습니다.

우리 집 천장은 서까래가 보이는데 나무는 크기가 다 다릅니다. 대들보도 윗면은 고르지만 아래쪽은 나무의 부드러운 곡선이 살아 있습니다. 그 나무가 비조마을 산에서 자랐고 옆에 계신 할머니의 아버지가 지으셨다니 못해도 70년은 된 집입니다. 대한민국이 생기기 전으로 시간을 거슬러 가는 이야기가 신기해 이런 이야기를 기록해 두고 싶다는 생각을 얼핏 했습니다.

그게 시작입니다. 몇 년 뒤 만화리는 만 가지 이야기로 다가왔습니다.

늑대 나온 이야기

한윤오 님의 택호는 본동댁입니다. 본래 이 동네 살아서 그렇게 부른다 했습니다. 처음에는 봄동댁이라 듣고 봄동 배추를 좋아하시나 생각했습니다. 마을공동체 만들기를 처음 시작할 때 할머니한테 옛날이야기를 해 달라고 했더니 들려준 이야기가 있습니다.

<늑대 나온 이야기>

그때는 저녁 먹고 좀 있으면 늑대가 여기저기 울어가 난리라. 자고 나면 또 염소도 물고 가고 그랬다. 막 운다. 요새는 어디 갔삤는고 하나도 없대. 여우도 있고, 늑대도 있고 이랬는데 요새는 그런 게 없대.

소 믹이러 가면 새끼 있으면 늑대가 그 자물라고(잡아먹으려고) 소를 뻥뻥 돌고 소캉 싸움을 하고 난리지기(난리를 쳐). 내가 직접은 안 봤는데 우리 친구가 소 믹이러 가이까네 소는 저 풀 뜯어먹어라고 한데 갖다 산에 무까(묶어) 놓고, 점심 묵고 풀어가 소를 풀어놓으면 산에 올라가 풀 뜯어 묵고 내려오거든.

그래가 올라 가이끼네 늑대가 와가 그라드라고, 자물라고 설치이까네 새끼는 뒤에 사타(구니)에다 큰 소가 찡가 놓고 거 마 달라들더라고 그래가 무서바 죽을 뻔했다고. 붙잡아 매놓으이 따라가지는 못하고 오마 확 달라들고, 소도 막 잘한다 잘한다 칭찬해 주마 좋고, 고런 거는 무섭어가 지 혼자 숨어뿌놓이 사람 떠받치드라 하네. 소도 그런다.

그래가 이기라 이기라 카믄서 소를 풀어줬두이마는 마 확 달라들끼네 도망가드라 하대. 소가 못 따라가이끼네 자꾸 거 안 가고, 그래가 이기라 이기라 크고(하고) 잘 한다 잘 한다 크이, 이까릴 풀어줬드이 확 따라가이끼네 도망가드라 하데. 그때가 한 열 살 넘었을 땔끼라.

무섭어가. 그래도 소한테 의지가 되드라카이. 풀어 줘가 '이기라 이기라' 크이(하니), 코를 벌씨고 달려들까네 저마이(저만치) 가드라네. 그래가 '아이구 잘했다 잘했다' 크며(하며) 소를 씨다듬어 주이 소가 고개를 숙 들바시가, '와이고 소도 아드래이(알더라)' 이라드라. 그때 칭찬이 지절로 나오드라네.

되기(매우) 지도(자기도) 무서봤찌. 늑대도 지 물어 죽이까 겁을 억수로 내가…. 그 사람 저 방어진 어디 가가 산다. 옛날에 그랬다.(2016년 채록)

할머니 모습에서 배웁니다

늘 농사일을 손에서 놓지 않는 할머니는 가르침 없이 가르쳐 주십니다.

들깨 농사를 많이 짓는 본동댁 할머니는 3월 중순이 되면 깨 뿌

릴 밭에 갑니다. '아직 바람이 차가운데 농사꾼은 때가 되면 밭을 가는구나!' 하고 감탄한 적이 있습니다. 2년 동안 마을공동체 만들기 일을 열심히 했는데 별로 표도 안 나는 일을 하는 것 같아 올해는 신청을 해야 하나 말아야 하나 마음이 오락가락했습니다. 할머니는 봄이 되자 그냥 밭을 가는 것 같았습니다. 그걸 보는데 문득 '아! 무슨 일을 표를 내려고 하나. 그냥 하는 거지. 묵묵히 하는 거지.' 하는 생각이 들었습니다.

며칠 전 저녁 할머니 댁에 가니 텔레비전에는 전원일기를 하고 있는데 보며 들으며 팥을 고르고 계셨습니다.

— 같이 가리까요?(고를까요) 이거 가려서 뭐 해 먹어요?
"밥도 해 먹고 죽도 먹고….'

— 보기보다 벌레 먹은 게 많네요.

"가리는 것도 힘들다. 농사짓는 거도 힘들고."

— 그래도 팥죽은 맛있어요.^^

할머니랑 팥을 가리다 보니 해결 안 되는 고민들은 그대로 두고 팥이나 잘 가리자는, 팥이라도 가리며 기대 없이 기다리는 거라는 생각이 들었어요. 그러다 보면 죽이 되든 밥이 되든 하겠다고.

비조마을 걸크러쉬

본동댁 할머니를 마을에서 만나면 사륜 오토바이 타는 모습을 자주 봅니다. 환하게 웃으시며 어디 가는지 묻습니다. "지우네 학교에 간다"고 하면 "잘 다녀 와!" 하며 "부아앙!" 가십니다. 걷는 건 성에 안 차서 안 되겠다고 하십니다. 속도를 즐기는 멋진 모습입니다. 앗! 예전에 밤에 이 오토바이를 타고 집을 나서기에 어디 가시냐고 물었습니다.

"밭에 멧돼지 나온다 하이 가 봐야지."

어두운 길로 부아앙!

밤만디 정자에서 할머니와 앉아 이야기를 나누는 모습을 영상 촬영할 때 약속한 시간보다 일찍 나오셨고 곱게 화장을 하고 화사한 옷을 입으셨습니다. 요즘 말로 TPO(때/time, 장소/place, 경우/occasion)에 맞추셨습니다.

"젊은 사람이 들어와서 마을에서 뭐라도 해 보겠다고 하는데 잘한다 하고 하도록 해 줘야지."

고마운 말씀에 마음이 따뜻해졌습니다.

마을은
봄!

농사가 시작되는 봄

며칠 전 밤만디에서 보니 아래쪽 논에 트랙터가 '위~잉~척! 기~잉~척!' 하며 왔다갔다 합니다. 마을 어르신께서 논을 갈고 계셨습니다. 농사 준비를 벌써 하시나 싶어 날짜를 꼽아 봅니다. 매년 춘분 무렵이 되면 조용하던 마을이 분주해지기 시작했던 것 같습니

다. 절기상으로는 4월초 청명이 되어야 가래질을 한다지만, 남쪽은 봄이 빨리 오니 농사도 빨리 시작합니다.

하지에 캐는 감자는 벌써 심었고 텃밭에는 상추, 치커리 같은 채소 씨를 뿌립니다. 어느 정도 자라면 그 옆에 다시 씨를 뿌려 장마 전까지 먹습니다. 처음에 텃밭 농사를 할 때는 파종 시기가 언제인지 씨앗 포장지 뒷면을 자세히 읽어 봤지만, 얼마 지나지 않아 앞집 계촌댁 할머니가 씨 뿌리고 모종 심을 때 따라하면 된다는 걸 알게 되었지요. 어느 날 밭 보러(할머니 표현) 가시는 계촌댁 할머니께, '상추는 뿌렸는데 들깨는 언제 뿌리는지' 물었더니 '산에서 소쩍새가 소쩍~ 소쩍~하고 부쩍 시끄럽게 울 때'라고 알려 주셨답니다.

삼 삼는 이야기

봄 농사 이야기가 나온 김에, 예전에는 마을에서 삼을 삼았다며 할머니들이 들려주신 이야기를 해 보겠습니다. 처음 들어보는 말이 많아 외국어같이 들렸던 이야기 같이 들어 보실까요? 판소리 사설처럼 읽어 보세요. 초봄에 씨를 뿌려 여름에 말리고 겨우내 허벅지에 피가 나도록 비벼 삼았다는 내용입니다. 2016년 마을 이야기 책(울주군 마을공동체 만들기 사업)에 실렸습니다.

삼씨는 봄에 뿌리지. 드물게(드문드문) 흐치면(뿌리면) 안 되고 조물게(촘촘히) 흐치야 되고, 초봄에 흐튼데이. 참꽃 피락마락할 때. 모 숨굴 때 되면은 다 되지. 키는 사람보다 크지.

삼으는 복판에 꺼는 하고, 가세 씨할라고 주우욱 놔 노면 그게 열씨라 카거든. 삼씨라 안 카고. 온 밭에 다 숨구코 내년에 종자할 꺼를 여 가세 드문드문 놔 두면 그기 벌어가 종자 안 하나. 오새 들깨맨크로. 바로 대마초라.

다 크면 낫으로 베고, 이래이래 거머쥐고 추리 내뿌고 좋은 것만 하고, 줄에 말라가 딱 놔놨다가 줄로 쳐가 껍데기 삐끼가 말라야지.

삼을 다 부리가 무까가 옆으로 들고 추리 내비리고 무까가 삼것으로 돌로 다라가 거기다가 파묻어 놓고, 불로 때가 삶어가 가마솥이 아이라 한데 땅 파고, 흙꾸딩이를 파가 숯꾸디 한꺼치로 물에 담가, 껀지가(건져서) 또 삐끼가(껍질을 벗겨서) 깡통 같은 거 큰 거 마주 짤 리가, 밑에 깔어가 거다 물 바가…. 삐끼가 말라가 째가 삼어가, 자자가 물레를 자자가 또 실 해가지고, 재물로 사다 엮고 또 거 새로 재물로 해가, 거다 적시가 해가, 또 방에 드가 띠아가 방에다가 실을 띠아가, 그놈을 놔내가 실을 거라가 시꺼가(씻어서), 며칠로 우라가(우려내어) 짜가 말랐다가 또 재물 우라가, 세 번쯤 네 번쯤 해가, 그래가 인자 돌고제가 빙빙 돌리놔가 했거든.

그래가 다부 돌고지에다가 감아 놨던 거 그거를 다부 끼아가 실로 다부 안 푸나. 풀어가 돌뱅이 해가 모아가 또 베 또 말때기 쳐가, 나라가 얼마나 일이 많노.

베 날아가 또 풀 끓이가, 재를 엊고 풀 끓여가지고, 그놈을 인자 풀로 발라가 솔로 씨다버가, 베 감는 도토마리까 감아가 베틀에 얹어가 짜지.

겨울에 내 삼았어. 겨우내 삼았어.

말라 논 거를 물에 담다가 방에서 삼아가, 여 하도 문띠가 살티다 벗어졌다. 구덕살시(굳은살이) 앉도록 피가 나도록 여 비비가 삼어가, 겨우내 일 아이가. 여름에 째가 말라 놨다가 겨울게 내 안 삼나. 삼어 가 봄에 잣는 기라. 그거까 옷 해 입지.

봄에 산에 일꾼들 풀내려올 때 도토마리 해갖고 내 짠다.

(구술 : 계촌댁 정차분 님, 도호댁 故 정태옥 님, 본동댁 한윤오 님, 2016.9.26.)

해마다 다른 봄, 우리 모두 봄

만화리의 풍경은 봄, 여름, 가을, 겨울 때마다 날마다 다릅니다. '봄은 봄대로 좋고 여름은 여름대로 좋고…'라고밖에 표현할 수가 없어요. 몇 년 동안 봄에 찍은 사진들을 보고 있으니 그해마다 유독 눈에 들어왔던 것들이 있습니다. 며칠 전 지인이 "나만 봄 하려고 했는데 우리 모두 봄이 되었다"고 했습니다.

해마다 조금씩 다른 만화리의 봄을 같이 봐 주세요.

그럼, 우리 모두 봄!

그때가 살기 좋았다,
요새보다

그때는 비도 많이 왔다. 가물 때는 비 오라고 제사 지내고

— 옛날에 비가 많이 내렸을 때 있죠? 그때 얘기 해 주세요.

"80년대니까 40~50년쯤 됐지. 비가 많이 와서 도랑이 다 잠겼지. 그때는 공구리(콘크리트)가 없었거든. 뚝다리 놓고 디디가(디뎌서) 넘어가거든. 비 마이 와가(많이 와서) 떠내려 가 버리면 다리가 없으니까 거라~(도랑) 물 줄어야 건너 댕겼다.

— 어릴 때 학교 다닐 때도 그런 적 있으세요?

"그래. 못 가지."

— 학교 안 가셨어요?

"당지* 같은 데는 그 도랑 거도(거기도) 다 떠내려가서 못 건너가지."

— 뚝다리는 어떻게 만드셨어요?

"뚝다리는 도랑이 길잖아. 그러면 굵다란 걸 중간중간에 놔 놓고 디디고 건너지. 비 마이 와서 떠내려가면 또 새로 놓고….""

---

* 당지는 울주군 두동면 이전리 소재 마을입니다. 당수마을의 당(檔) 자와 양지마을의 지(地) 자를 떼어서 붙인 이름입니다.(출처: 두동면지, 2001)

　— 돌이 떠내려가요?

　"아이구! 돌 떠내려가고 말고. 와당탕 와당탕거리며 이만한 것도 다 떠내려가지."

　— 그렇게 큰 돌을 놓을 수가 있어요?

　"어른들이 놓는다 아이가. 아니면 물로 가면 내 젖어야 되니까. 당지에서 도랑 건네가(건너서) 대밀*까지 10리 걸어 댕깄다(다녔다). 그때는 비도 많이 왔다. 겨울에는 전신에(전부) 다 얼어가 개때지**도

---

*　대밀은 울주군 두동면 구미리 소재 마을입니다. 옛날에 이 마을에 엄씨(嚴氏) 성을 가진 사람이 살았을 때 남에게 말할 수 없는 큰 비밀을 간직하고 있었다 해서 다밀(多密)이라 하였다가 대밀로 변했다고도 합니다.(출처:두동면지, 2001)
**　개때지는 비조마을에서 개가 죽으면 묻었던 곳을 부르는 말입니다. 소가 죽으면 묻었던

다 얼고…. 절 앞에 지금은 길인데 도랑이었거든. 겨울에 내(늘) 얼
고 봄 돼야 녹지.

— 농사도 많이 지으시잖아요. 비 많이 오면 논에 가서 뭐 하는
거 있었어요?

"논두렁 방천(둑이 터짐) 나면 방천하고, 방천이라 카는 거는 둑이
있잖아, 그게 무너지면 물이 못 고이잖아. 논둑에다 말뚝을 쳐서 둘
러가 막지. 소나무 같은 거 해 가지고 논둑에 걸쳐 놓고 흙을 채워
서 물을 가두지.

— 비 오는데 가서서 일하고 하셨네?

"해야지. 그때는 비도 많이 왔다. 요새는 큰물이 있나? 그때만큼
큰물 없다. 큰물 져서 아(아이)도 떠내려갔지. 저 밑에까지 떠내려
가가지고 건졌는데 죽었지. 4살 된 아가(아이가)."

— 어떡해.

"…."

— 엄청 가물었을 때도 있었어요?

"가물었지. 비가 1년 내내 안 와서 치술령 만디 누가 묘 써 놓으
면 묘 쓴 사람은 잘 된다 하고 동네에는 비가 안 온다 했다고. 그래
가 동네 사람들 다 어불러가지고(어울려서 같이) 묘 파러 가고 그랬다.
누가 몰래 묻어 놨는가 싶어가지고."

소때지도 있습니다.

— 그래요? 가 보니 정말 묘 썼어요?

"없어."

— 안 썼는데 비는 안 왔어요?

"당수나무 제 지내는데 가가지고 비오라고 제사 지내고 그랬다. 굿하면은 또 비가 와.

가물어가지고 논 같은 거는 전부 턱턱 갈라졌다. 바가지로 논에 물을 퍼 바 주고(퍼 부어 주고) 그랬다."

— 바가지로 감당이 돼요?

"그러니까. 나락이 마르니까 쪼매라고 줘야지. 모내기할 때 비 안 오면 호매이까 파가지고 숨갔다(호미로 파서 심었다).

그때가 살기 좋았다. 요새보다

"그때 동네에 한 50호 됐다. 지금은 더 많겠지. 그 당시에는 한 집에 보통 식구가 5~6명되니까 며키고(몇 명이지)?"

— 오오 이십오 그럼 250명, 300명? 동네 골목이 시끌시끌했겠어요.

"시끄러웠지. 그때가 살기 좋았다. 요새보다."

— 시끌시끌해서?

"그래. 시끄럽고 그때는 인심도 좋고."

— 인심 좋다는 거는 어떤 거예요?

"니 꺼 내 꺼 없이 동네 어불러가 해먹고 재미있었지."

― 잔치 같은 거?

"그래. 마실 사람들 다 형제간같이 지냈지. 요새는 객지 사람들 오니까 잘 안 어울리지."

― 옛날에는 홍도 많았는 거 같다.

"그때는 보름되고 해 봐라. 꽹과리 치고 장구 치고 노래자랑 하고 두동사람들 다 놀러오고 비조사람들이 잘 나갔지. 40년 전만 해도 두동 체육대회하면 내(늘) 비조 1등 하고 잘했지."

― 아저씨는 노래하면 뭐 부르셨어요?

"나는 안 했다."

― 누가 노래 잘 하셨는데요?

"그 당시에? 그 사람들 다 죽었다. 그때 우리는 어릴 때지. 내(나) 열 몇 살 때."

― 요새는 여름에 엄청 덥잖아요? 옛날에는 이만큼 안 더웠죠?

"와 안 더워. 더웠지. 선풍기가 있나, 냉장고가 있나. 얼마나 더웠다고. 그때는 모기향이 있나. 여 어불러가 놀면은 마당에 풀 비가 (베어서) 말라가(말려서) 모캐(모기)불을 놨다고.

― 모캐불?

"모기 안 달려들게 불피워 놓거든. 그때는 이웃에 사람들 어불러가 내 칼국수 같은 거 손까(손으로) 밀어가 해먹고. 그때가 좋았지.

산토끼 토끼는 어디로 갔을까

― 눈은 옛날에 많이 왔어요?

"많이 왔지. 한 45년 전만 해도 눈이 많이 왔지. 산에 토끼도 많다. 산토끼."

― 토끼? 그럼 토끼도 잡았어요?

"토끼, 잡지. 눈 많이 오면 눈 피한다고 전부 방구(바위) 밑에 가 있거든. 거(거기) 가서 잡는다 아이가. 눈이 많이 오면 빠져가지고 달아나지도 못 하거든. 산에 토끼가 얼마나 마이 있었다고. 요새는 고양이가 많이 와가 토끼 다 잡아먹었다."

― 고양이가 토끼 잡아먹어요? 옛날에 고양이는 없었어요?

"잘 없지. 새끼 한번 놓으면(낳으면) 2~3마리 놓고 1년에 2번 놓으니까. 금방 번지지."

― 산토끼 잡으면 요리하셨어요?

"그래. 산토끼 잡아 놓으면 얼마나 맛있었다고. 볶아 놓으면."

― 볶아서?

"무 넣고 겨울에 먹으면 시원하이 맛있지.

간장 넣고 따박따박 볶다가 무시(무) 넣고 고춧가루 넣고 마늘 뚜드려(두드려) 넣고 파넣고 끓이지."

― 솥에?

"작기나 말기나(작거나 말거나) 솥에 하지. 쪼맨한(작은) 냄비가 어디 있노."

농약, 파라치온이 나오고

"옛날에는 여기 고기도 얼마나 많았다고. 논에 미꾸라지하고 중태기하고, 중태기 알지?"

― 중태기 매운탕!

"그래. 여름 되면 논에 물 내려오제? 거 가면 꼭 있다."

― 그럼 건지면 되네.

"그래. 요래 뜨면 되지. 그게 왜 없어졌노 하면 농약 파라치온이라고 나왔어. 그거 나오고 논에 약 치고 해가 다 죽었어."

― 그거는 언제예요?

"60년대, 70년대지. 그 당시에는 논에 약을 많이 쳤다고. 벌레가 많아가지고. 요새는 한 번도 안 치거든. 그때는 나락에 벌레가 들어가 못 먹어가(벌레 먹어 못 먹으니) 4번, 5번 쳐야 돼. 나락 약 치다가 사람 많이 죽었다."

― 약 치다가 왜요?

"한여름에 치면 약 독한 거."

― 약이 독해서….

"서○○ 아버지도 약 치다 죽었다."

― 그렇구나. 마스크 끼고 안 하고?

"그 당시에 마스크가 어딨노? 그냥 치지. 그때는 분무기가 있나, 전부 질통 가지고 하거든. 시라가지고. 요새는 경운기가 다니면서 치지만. 나락은 이만큼 올라오지. 시라 봐라.(손잡이를 내렸다 올렸다 해 봐라) 전부 위에 다 날라와서(날려와서) 사람이 마시지."

— 사람이 죽고 하니까 이제 파라치온은 안 써요?

"그렇지. 자꾸 좋아지고 덜 독하고 효과 있는 약이 나오지. 지금은 약을 한 번도 안 치지."

— 벼 종자가 달라져서 약 안 치게 됐어요?

"그런 것도 있지."

농사일은 전부 다 사람 손으로

— 요새는 무슨 종자가 있어요?

"봉계 황우쌀."*

— 옛날에는 어떤 종자로 하셨어요?

"옛날에는 아키바리, 통일벼. 통일벼는 그때는 쌀이 많이 안 나니 나락은 요마이 밖에 안 컸다고 그래도 곡수가 많아."

— 곡수가… 나락 알 수가?

"근데 그게 밥맛은 없어. 자꾸자꾸 바뀌대."

— 밥맛은 뭐가 좋아요?

"지금 황우쌀 이게 최고 좋지. 그 당시에는 전부 다 손까 비가 눕

---

* 봉계 황우쌀은 봉계 불고기단지를 중심으로 한우사육농가에서 생산되는 유기질 거름(퇴비)을 사용하여 생산된 쌀로서 미질이 좋고 밥맛이 좋습니다(출처: 두북농협 홈페이지)

히가 말라가 사람이 거다가 무까가 논에 동게 났다가 지게로까 지고 와가 탈곡기 있잖아, 거다가 했다고.(전부 다 손으로 베어 눕혀 말리고 사람이 묶어서 논에 쌓아 두었다가 지게에 지고 와서…)

— 탈곡기 없을 때는?

"탈곡기는 있지. 탈곡기 없을 때는 여다가 이래 여가 땡기는 게 있어.(여기에다 이렇게 넣어서 당기는 게 있어) 그러다가 탈곡기 나왔지. 탈곡기는 하루 종일 밟아야 되지."

— 요새처럼 모터 있는 게 아니고?

"전부다 발로 밟아야지. 밟아가 돌아가면 거서 털지. 옛날 사람들 참 머리는 좋아. 고생 많이 했지. 요새는 농사짓는 것도 아이다. 옛날에 비하면. 타작해가 찌꺼기 날려 보내고 나락 섬에 가마니 짜가. 가마니 짜는 거 알지?"

— 예.

"거다가 여가 동게났다가 방앗간에 찧어가.(거기에 넣어 쌓아두었다가 방앗간에 찧어서)"

— 여기도 방앗간 있었어요?

"요 밑에 도랑에 집 안 지어 놨나. 거기 방앗간 자리. 옛날에 누가 했나면 우리 어릴 때 종태 아버지가 했어."

— 네. 그 어르신 기억나요. 저 이사 왔을 때 경운기 타고 농사일 하셨어요.

"그러다가 리어카가 나왔다고. 지게 지다가 리어카 나오니 거저 아이가. 또 경운기 나오고, 차 나오고 기계 나오고. 요새 농사짓는 거는 기계만 있으면 지을 거나 있나. 옛날에는 소로 갈았다 아이가."

— 그럼 집집마다 소가 있었네?

"그래. 죽 써 주고. 요새는 소 죽을 써 주나. 다 사료 먹지. 소도 일 안 한다 아이가."

옛날이 좋지. 인심도 좋고 공기도 좋고

"모 심을 때는 동네 사람들 품앗이라 한다. 내가 심아 주면(심어 주면) 그 사람 와가(와서) 심고 전부 손까(손가지고) 심지. 새벽에 가가(가서) 모 쪄가 논에 던져 놓고 모 심았지. 열 몇 키치씩(열 몇 명씩) 줄 지아가 심았지.(줄지어서 심었지) 요새는 기계로 하면 금방 하지. 옛날에 산에 풀 비아가(베어서) 논에 잡아 옇다(넣었다)."

— 왜요?

"거름한다고. 비료가 없어서 그랬지. 옛날에 고생했는 거 말을 못 한다."

— 그러면 봄부터는 모내기해서 농사를 짓잖아요. 추수하고 나면 일 없잖아요.

"그때는 나무해야지. 겨울에 나무 땔 거. 기름이 어딨노. 보일러가 어딨노? 내(늘) 나무 안 때나. 저 너머 가서 안 하나."

— 서낭재?

"그래"

— 그 너머까지 가요? 요 앞에서 하면 안 돼?

"옛날에, (동네 근처에는) 나무 없다. 그 당시에는 나무 이래(이렇게, 지금처럼) 없었다. 저, 멀건었다(저기가 멀젗다, 나무가 없었다). 노랬다(노랗다, 누르스름하다).

— 그냥 흙만 있었어요?

"그래. 쪼끔씩 나무가 있고. 저 너머 가야 큰 나무가 있었고. 여(여기) 앞에는 사방(조림사업)했는 거 아이가. 전부 심았다(심었다).

— 심는 거는 군에서 했어요?

"그때는 부역했지. 한 집에 한키씩(한 명씩) 나가서 했지."

— 일당은 안 주고요?

"일당이 어딨노. 밥도 지 묵 꺼 싸가, 벤또 싸가 묵고(밥도 자기 먹을 것 싸서 도시락 싸서 먹고)."

― 밥도 자기가 싸가고 일도 하고. 요새는 그런 건 공공근로로
하는데.

"요새는 다 돈 주지만 그런 거 없었다."

― 날씨는 요새가 좋아요? 옛날이 좋아요?

"옛날이 좋지."

― 비도 많이 오고 가물고 눈도 많이 왔다면서 뭐가 더 좋아요?

"공기가 그마이 더 좋다 아이가. 요새랑 틀리다. 무공해 아이가."

이렇게 이야기를 하는데 이웃 '아지매'가 오셨습니다. 매일 밤 8
시 무렵이 되면 모여서 1시간 정도 동네 한 바퀴 산책 겸 운동을 합
니다. 최근 이광열 님은 건강이 안 좋아지셔서 살도 많이 빠졌는데,
쾌유를 빕니다.

겨울밤이
깊어 갑니다

새댁이 집 앞 논에서 지은 쌀로 만든 찹쌀 강정

저녁에 마실갔더니 아지매가 직접 만드신 찹쌀 강정을 내어 주셨습니다. 달짝지근한데 많이 달지 않고 깊은 맛이 납니다. 그 맛의 비결은 직접 농사지은 쌀, 집에서 만든 조청, 아지매의 손맛이지요. 어떻게 만드셨는지 궁금해서 여쭤 봅니다.

― 조청은 언제 고으세요?

"가을에 고추장 하고 난 뒤에 그 솥에 쌀을 대여섯 되 삭혀서 만들지. 새댁이 집 앞에 논에서 지은 쌀이거든. 거(거기) 두 도가리(논배미)가 찹쌀이지. 찐쌀 한다고. 일찍 베거든. 탈곡할 때 다 돼서 해가지고는 이 맛이 안 나. 푸른 기가 있을 때 해가(벼를 베어서) 쪄가 말라가(찌고 말려서) 찐쌀을 안 하나. 이때쯤 되면 날씨도 춥으끼네 만들기 좋거든. 조청 넣기 전에 쌀을 후라이팬에 볶아가 놔놔(놓아 둬). 날씨가 비가 오거나 온도가 너무 뜨뜻하면 안 되고 찬바람이 나야 돼. 엿을 훌훌 따리가(달여서) 하나하나 방울 섞을 때 춥은 기(찬 기운)가 들어가야 굳는 기(굳는 것이) 잘 되거든. 온도가 맞아야 돼.

―조청은 언제 넣어요?

"찐쌀은 후라이팬에 준비해 놓고 다른 냄비에 조청을 훌훌 한번 따려(달여). 딸기면서 요만큼 한판 하고 싶으면 양을 대가(가늠해서) 섞지. 판도 다 있다. 방망이로 밀어가 하지.

올해는 할배도 병원에 갔다 오고 안 할라 켔두만은 찐쌀은 해 놨는 거 있지를 막내 딸래미 오라캐가(오라 해서) 거들어가 했지. 할배 까자(과자) 대신에. 이건 잩에(곁에) 있으면 자꾸 입에 대지드라(댄다). 별로 단것도 아니고.

— 한번 만들려면 며칠 준비해야 되죠?

"하이고 뭐 그거를 그래 걸리가 어예 하노(그렇게 오래 걸려서 어떡해). 그냥 간단하게 하는 거는 금방 볶아가 하는데 양을 많이 할라카면 볶는 시간이 오래 걸리더라고. 1시간에 2되 정도밖에 못 볶겠더라. 4~5되 볶을라하면 2~3시간 걸려야 돼.

할머니 까자 도가

요새 사람들은 귀찮아서 안 할라 하지. 사먹고 치울라 하지. 그래도 샀는 거는 아무래도 이런 깊은 맛은 없다. 이번에 딸래미 아-들(아이들) 와가 가져갔는데 아-들은 할머니 까자 도가(과자 주세요) 해가지고 언제 다 먹었는지 모르겠다더라.

요번에 서낭재에 해 뜨는 거 보러 간다고 와서 하룻밤 자고 갔는데, 한바가지 내놓으이 언제 먹었는동 없어졌대.

해돋이는 치술령이나 서낭재

　— 해 뜨는 거 보셨어요?

"내사 해 뜰 때 한 번도 안 빠지고 갔는데 젊을 때는 치술령에 3~4년 갔고 2002년이니까 내가 50살밖에 안 됐을 때 한창 활동할 때니까 많이 댕겼지. 그라고는 서낭재를 계속 갔는데 올해는 아-들도(아이들도) 오고 소도 밥도 줘야 되고 허리도 아프고 첨으로 안 갔다. 1월 1일에 해 뜨는 거 보러 가면 한 해를 보낸다 하는 의미가 있거든."

찹쌀강정에서 시작된 이야기는 해돋이 구경으로 이어져 겨울 이야기, 새해 이야기로 겨울밤이 깊어 갑니다. 2021년 10월~12월에는 마을과 학교의 연계 수업으로 두동초 5학년 12명과 마을 달력 만들기를 했습니다. 그중 1월의 마을풍경은 도훈이가 그린 치술령 자락 서낭재가 있는 산입니다.

비조마을에서는 매일 아침 그림 왼쪽 끝에서 해가 뜬답니다.

사람이 용기 생기면
사는 모양이더라

비조마을회관 아래 골목길 오른쪽 집에 사는 부천댁 할머니 최분남 님은 2년 전부터는 힘에 부쳐 밭일은 따로 안 하시고 집안에 만들어 둔 텃밭만 가꾸십니다. 마당 한쪽에 시멘트 블록을 쌓아 담을 만든 다음 흙을 붓고 텃밭을 만들었습니다. 시금치, 대파 곰보배추, 상추, 마늘, 냉이가 있습니다. 곰보배추는 처음 본다고 했더니 피 삭는 데 좋다고 삶아서 물을 마신다고 합니다. 할머니는 『동의보감』이나 약초 책을 읽으며 들에 나는 풀을 가마솥에 삶아 조약(造藥)을 하는 데, 안 먹어 본 게 없을 정도라고 합니다. 할머니께서 부지런히 조약을 하게 된 이야기를 들어봤습니다.

설흔일곱 살 때 1년을 죽다 살았다

"옛날에 내가 설흔일곱 살 때 1년을 죽다 살았다. 다리 여 내놓고는(여기 제외하고는) 허리까지 다 아파가 일라서면(일어서면) 아파가 못 일라고(일어나고) 했지. 왼쪽 다리에 어혈이 좀 있었는데 차츰차츰 올라가디(올라가더니) 각제(갑자기) 아픈기라. 요새 같으면 병원에 가지만 그때는 그라도(그러지) 못했지. 그해 따나(그해 따라) 가물어가

모심기 다하고 갔지. 부산에 어디 병원에 갔는데 올라가는 길도 근근이 올라갔는기라. 그 길로 내(계속) 아파가 어무이자테(어머니에게) 근 1년을 밥을 얻어묵었다. 굿도 마이(많이) 하고 약도 이거저거 해다 먹고 한 번 두 번 먹고 낫나? 방 얻어가 입실에 지압으로 만치는데(만지는데) 가가(가서) 하루에 천 원씩 주고 석 달을 있으면서 많이 나샀지(나았지)."

사람이 용기 생기면 사는 모양이더라

"수술 해야 된다커는 거를 안 하고 죽을 날 밑에 살 날인가 싶어가 용기가 생기더라 카이. 사람이 용기 생기면 사는 모양이더라. 그래가 이래저래 했지. 옛날에 대봉양이라고 있거든. 대나무 밑에 봉양. 대나무 밑에 솔 송진맨치로(처럼) 노랗다고. 요새는 없드라. 그거를 술로 담아가 내(늘) 먹고 기침도 사카주고(가라앉혀 주고) 약 된다고 빈속에 먹고 하이끼네(하니까) 아무래도 위장이 안 좋아. 요새는 술 먹으면—술은 한 10년 끊었고—우야다가 한 잔 먹으면 아랫배가 부른 증세가 있어. 무슨 병이든 딸깍 낫는 기 없더라고.

꿈적거리면(움직이면) 또 아프지. 그래도 내가 일로(일은) 옛날에 논 50마지기 짓지, 거다가(거기에다) 깨 땄지, 밭 20마지기 맸지러(밭 20마지기에 김을 매었다). 놀 여가가 어딨노. 요새 조용하이 지여버가(지겨워서) 절따이지(절단이지, 큰일이지). 점점 더 아프고 몇 년 전부터는 힘이 없는기라. 진땀이 나고 그래가 밭하고 깨는 안 하고. 요것(텃밭)도 씨게 하마(힘들게 하면) 진이(힘이) 빠지고 그렇데. 그래가 우리 딸래미가 돈을 비싸게 주고 먹어라고 포에 들었는 거를 사왔어. 요거 먹고는 피곤한 게 마이(많이) 없어져. 아픈 거하고 피곤한 거하고는 다른 기거든."

내가 들에 안 묵는 기 없다
식당에서 사먹는 건 독약이나 한가지

"신약 먹으면 속이 아파가 못 먹으이(먹으니) 조약(약을 만듦)을 해가 부지런하이(부지런히) 해먹고 내(항상) 먹으이 또 해지고(하게 되고). 몸이 괜찮아지고 하이 또 하지. 옛날 한방책, 약책 안 있나. 동의보감도 보고 무슨 풀이 어디 좋고 하는 게 다 나오거든. 그거 보고 쪼매씩 쪼매씩 만들어 봤지.

뽕 오디 담을 때는 설탕을 더 여야 돼(넣어야 해). 오갈피나무도 담고 산딸기도 1년에 열엿 근씩 담고 비름나물 돌냉이맨크로(돌냉이처럼) 크다큰한 거(큼직한 것) 20킬로씩 담고 제피도 담제(담그지). 이래저래 담는 게 많다. 수세미도 담아 놓이(놓으니) 감기 든 사람들 그거 한 잔 주마 낫고 그러데. 보리수도 감기에 좋더라. 위 아픈 데는 삽추가지고 먹고 넉삼대는 건 아주 쉽다고. 풀대가 올라가는 게 있거든. 고거 따서 삶으면 돼. 칠기(칡)도 있고, 뭐 얘기해 보면 내가 들

에 안 묵는 기(먹는 게) 없다. 곰보배추도 삶아가 그 물에 감주를 담아가 근 1년을 먹는데 피 삭는 데 좋다. 몸이 안 좋으이 자꾸 조약하는 데 신경이 쓰이데. 난두지름(제피기름)도 제피를 제법 많이 따야 되거든. 한 되 해도 지름(기름)은 2홉들이 요마이(요만큼)밖에 안 나온다고. 달맞이꽃도 두 되를 짜 봤고. 나가마(나가면) 내(늘) 여(여기) 뭐 있더라 싶어가, 내가 논다케도(논다고 해도) 부지러이 하지. 돈 안 들고 노력해가 보통 부지런 해가지고는 안 되는 기라. 내가 논다 해도 낮에 눕지는 안 하는 기라.

사가 먹는 거카며(것과) 식당에 뭐 사 먹는 거는 독약 먹는 거나 한가지다. 그릇도 올케(제대로) 안 씻제(씻지), 미원 넣고 안 그렇나. 맛있는 향만 내지. 집에(서) 먹는 기 이기(이게) 진짠기라. 그래도 독약 무러(먹으러) 간다 카며 사 먹기는 하지."

일찍 이름을 내놔야 그 이름이 되지

"비조에는 마흔한 살에 왔거든. 올해 일흔일곱이니까 40년 다 되어 가제. 나는 경주 내남(면)이 고향이라. 월성 최가지. 마실이 '부지'고 '천면'이라 '부' 자 하고 '천' 자를 따가 부천댁이라 택호를 지었는 기라(지었다). 여(여기) 첨에(처음에) 이사 올 때 내가 택호를 안지았나. 일찍 이름을 내놔야 그 이름이 되지. '지우' 카마 지우 장개갈 동안 지운기라. 안 그렇나. 그래가 내가 택호를 내놔가 부천댁이지. 부자 되고 싶어가 그래 지았지. 멀리 시집온 건 아인데 우리 이웃들이 내마이(나만큼) 산중에 온 사람은 없는 기라. 친정이 별로 살지도 안 해서 어데라도 쪼매 가진 게 있으면 된다 싶었지 이마이(이만큼) 산중인 줄도 몰랐는기라."

논 50마지기 손까 비는데 둘이서 열흘 비지더라

"영감 고향은 중리라 윗대 산소도 다 거기 있고 물레방앗간 잩에(옆에) 양달에 살았지. 고종사촌이 잘 살았는데 비조에서 논 부치라해가지고 이사를 왔지. 그 집 꺼 하고 같이 50마지기를 지았는기라

(지었어). 손까(손으로) 비는데(벼를 베는데) 둘이서 열흘 비지더라(베게 되더라). 내가 그런 걸 생각하면…. 그때 골탕(골병)이 다 들었지. 앉 아가 그래 하겠나? 하루도 무서븐데(무서운데) 열흘로 밥만 무마(먹으 면) 가가 비가지고(가서 벼를 베고)…. 우리가 그래도 일로 좀 잘 하이 끼네(하니까) 그랬지. 글때도(그때도) 아프기는 해도 다 했는데 내가 골탕이 그래가 일찍 들어가 영 힘을 못 쓰는 기라. 다른 사람보다 아이(아직) 힘이 낫지. 해볼 시를 해가(일을 해 본 게 있어서)."

열흘 동안 손으로 벼를 베던 이야기를 하시던 부천댁 할머니의 목소리는 떨렸습니다. 지금도 그때 고생한 게 생생한 것 같습니다. 농기계도 없을 때라 오직 사람 손으로만 농사일을 해서 나이가 들 수록 아픈 곳이 많아집니다. 산에 들에 나는 풀을 가마솥에 삶아 약 대신 마시며 몸을 돌봅니다. 신약은 맞지 않고 한약을 지으러 나가 기 힘든 교통 불편한 산골에 살며 조약을 익히게 되었습니다.

부천댁 할머니와 이야기를 하고 나오니 서쪽 하늘에 초승달이 아주 예쁘게 떴습니다. 조금 전까지 이야기를 나누던 방엔 불빛이 따뜻하게 비추고 있습니다. 얼굴은 잘 보이지 않는 할머니까지 비 조마을의 그림 같은 풍경입니다.

집으로 걸어오며 가마솥에 약초를 달여 마법의 약을 만드는 마 녀가 나오는 동화가 생각난 건 마녀도 초승달도 할머니도 다 내가 좋아하기 때문이지요.

"빨개이 때문에 그렇다는 얘기를 많이 들었어"

〈6·25〉

너 몇 살 때 났나카마 16-7때 났다면서다.
애밴되고 일마 안 되가 또 6·25사변 안 났지.
저저 안강께정올 적에 파난민이 짜드라 넘어닿는 거 봤지.
대밀서 안 봤나.
군인개는데 왜새는 근연 참 저절로 가고하께.
그 때는 더멌마 그면 묘리 다 뜰고 영장이 어딨노 잡아다 갔다.
전쟁터에 바리 간다캤다.
6·25때 안 그렜나.

여서 보마는 폭탄 소리가 나고 안꺼씨가 끼고 그렜다 아이가.
지금도 휴전 아이가. 지금도 나라가 휴전 돼 있다.
피난온 안 갔다.
와 안가, 갔지.
고개 넘어가고 대밀에도 가고 삼동에도 가고 솔까이 안 갔나
간다이카터. 솥을 가지고 간다고.
ㅂ 버뿔고 솔까지고 다 갔지.
안 갔지

책이나 영화로만 알던 6·25전쟁 때의 이야기입니다. 이제 70대가 된 밤골에 사는 할머니 이정숙 님은 자라면서 부모님께 수없이 들었다고 합니다. 80~90대가 된 비조마을 할머니들은 피난 갔을 때를 이야기하며 지금도 휴전이라고 하십니다.

빨개이라 하니까 빨간 줄 알았더만 똑같드라

　"우리는 어릴 때 빨개이(빨갱이) 때문에 그랬다는 얘기를 많이 들었어. 범서로 피난가고…. 우리 고모 결혼한다고 옛날에는 베를 짜가지고 이불이고 뭐고 다 하잖아. 빨개이가 산에서 내려와가 뺏어갈라 해사서(해서) 그거를 물에 척척 씻어가 햇빛에 바래고 해야 색이 맑게 나오잖아. 첨에 베 짜노면(짜 놓으면) 색이 탁한데 햇빛에 널고 널고 해야 바래져가 하야이(하얗게) 되는데 그거를 빨개이들이 내려오면 사정없이 뺏어가니깐 일부러 물에 담가 놨다 하대. 못 가져가라고. 나중에 또 가지러 와가지고 물에 담가져 있으이 지랄지랄 하더라네. 그래가 안 되겠다 싶어가지고 그 이튿날 낮에 그거를 건지가 소에다가 질메(길마: 짐을 싣거나 달구지를 채울 수 있도록 말이나 소의

등에 없는 운반구) 지어다가 물 철철 흐르는 거를 실어가 범서 외갓집
으로 내려갔다 하더라고.

우리 엄마가 그러는데 뻘개이라 하니까 뻘간 줄 알았더만 똑같
드라 카면서….”

우리 아부지는 살아가 돌아왔는데…

“장성에 뒷산 쪽에 외딴 집이 2~3채 있는 데 있거든. 그 사이로
가는 길에 뻘개이가 많이 나왔다 하대. 우리 아버지가 거(거기) 친구
집에 갔는데 친구 아버지가 ‘마(이제) 저문데(저물었는데) 자고 가라’
그라시는데 아버지가 자꾸 오고 싶더라대. 그래가(그렇게 해서) 오는
데 버스 타고 박제상 유적지 오는 길로 오면 장성*으로 가는 길 있
제? 거 접어드이끼네(접어드니) 총소리가 ‘빵! 빵!’ 하고 나드래. 뒷골
이 땡기드라는 거라. 집에 왔는데 그다음 날 보니까 그 집에 뻘개이
가 들어와가 아들하고 다 죽었대. 우리 아버지도 거 있었으면 죽었
는 거라. 자꾸 붙잡는데도 집에 가고 싶더라는 거라. 우리 아부지는

---

* 장성은 울주군 두동면 이전리 소재 마을입니다. 장재밭의 ‘장(長)’ 자와 곽성의 ‘성(城)’ 자
를 따서 만들어진 이름입니다. 장재밭은 옻밭마을에서 내려온 개울물이 마을 중심을 지
나 제방이 길게 쌓여져 있다 해서 붙은 이름이고 곽성은 마을에 성(城)의 흔적은 없고, 마
을 뒤편과 앞에 있는 낮은 산이 병풍처럼 마을을 둘러싸고 있기 때문에 이것을 성에 비유
해서 곽성이라 하였을지도 모릅니다.〈출처: 두동면지, 2001〉

살아가 돌아왔는데 같은 한날 제사 들어가는 사람이 그 동네 사람들이 제일 많이 당했다 하더라고.

동네 사람이 물들어가 빨개이가 된 일이 더러 많았어. 누가(누구인지) 형제간에 빨개이가 돼가 있는데, 한 사람이 우리 아버지하고 동기라. 학교를 다닐 때 같이 다니고 했는데, 우리 집에를 왔는데 우리 아부지를 델꼬(데리고) 나갔는데 우리 아부지는 표적물이 되는 기라. 특무상사였기 때문에 모르스 부호 해독하는 거를 했거든. 그때 우리 아버지는 좀 멋쟁이라서 맨날 울 엄마 말에 의하면 느그 아부지는 천날만날(매일) 나까오리(중절모자) 모자 쓰고 팔에 시계 찌고(끼고) 양복바지만 입고 다니고, 그래가 멀리서 봐도 아니까이(알아보니) 아부지가 집에 오는 날은 빨개이가 온다는 거라. 그날도 제사라고 왔는데 있으니까 집에 들어왔더라는 거라. 우리 엄마가 젖이 모자라가 미제 분유 있는 거를 밥물에다 가루를 타면 애가 잘 먹더라는 거라. 그것도 와가 다 뺏어가삐고(빼앗아 가버리고) 그래가 울 알라(우리 아기) 무야 된다면서(먹어야 된다면서) 울엄마가 그라이끼네(말하니) 사정없이 다 가가뿌더라는 거라(가지고 가버리더라고 했다).

그라고 울 아부지를 데리고 나가는데 아무꺼시 니 이름을 대면서 '느그 얼라가?' 이라드라는 거라(너 아기냐고 묻더라는 거야). 울아부지가 '우리 딸이고 안공기다.' 옛날에는 안식구를 안공기라 했거든. '니는 들어가라'면서 보내주면서 '그 대신 집에는 오지마라' 그래가지고 울 아부지는 그 이튿날 부산 내려갔다 하대. 그라고 울 아부지는 나중에 포항 기림사에서 넘어가는데 격전지가 있는데 거기서

전쟁 중에 총을 맞아서 죽을 뻔했는데 살았지.

우리 엄마가 내가 나이는 얼마 안 먹어도 이 집에 시집와가 별거별거 다 겪었다 카면서…. 우리 엄마가 열아홉 살에 내를 낳고 스무살 때 있었던 일이고. 아부지하고 엄마 여덟 살 차이니까 울 아부지는 20대 후반이랬지. 나는 들은 소리가 있어가 지금도 산책 갈 때 아부지 친구 집 있었다는데 거기는 가기 싫대.”

비조마을 할머니들이 피난 갔을 때

2016년 마을공동체 만들기 사업을 처음 했을 때 비조마을 할머니들께 들은 이야기입니다.

“6·25가 몇 살 때 났나 카마(하면) 열여서일곱 살 때 났다 말이다. 해방되고 얼마 안 되가 또 6·25 사변 안 났나.

저기 안강꺼정 올 적에 피난민이 짜드라(많이) 넘어오는 거 봤지. 대밑서 안 봤나.

군인 가는데, 요새는 군인(군대) 참 저절로 가고 하제. 그때는 덩치만 크면 모조리 다 델꼬, 영장이 어딨노 잡아다 갔다. 전쟁터에 바리(바로) 간다 캤다. 6·25 때 안 그랬나.

여서 보마는 폭탄 소리가 나고 안개가 끼고 그랬다 아이가. 지금도 휴전 아이가. 나라가 휴전이 돼가 있다.

1951년 말경 아군의 반격 작전으로 고립화된 인민군과 재산공비(在山共匪)들은 합세하여 야간에 마을로 내려와서 식량을 약탈하고 살상, 방화함에 따라 치안 상태가 극도로 혼란하게 되었다. 이때 군경 당국은 이들을 소탕하기 위하여 그해 가을 추수를 끝내기가 무섭게 은편·율림·칠조·장성·당지 등 5개 행정리동 주민 전체에 대한 소개(疏開) 명령을 내렸다. 졸지에 피난민이 된 주민 대다수는 두동초등학교에 수용되거나 일부는 면 소재지 마을 가정에 분산 거주하게 되었다. 엄동설한의 한 해 겨울 동안 추위와 공포에 떨면서 고통을 겪다가 1952년 봄, 군 당국에서 공비들의 본거지인 신불산(神佛山) 작전을 벌여 잔당을 소탕한 후에 소개령이 해제되자 귀가하게 되었다. 〈출처: '우리 고장의 역사'(두동면지, 2001, 두동면지 편찬위원회) 중에서〉

피난은 안 갔다."

"왜 안가? 갔제. 고개 넘어가고 대밀에도 가고 삼동에도 가고 솥까이* 안 갔나. '솥까이 간다'이라데. 솥을 가지고 간다고. 마실은 비워놓고 솥 가지고 다 갔지."

"웃동네 요기만 갔지. 땅 파고 그릇 같은 거 묻어 놓고, 음력 정월 달이랬지. 겨울이라 춥고말고. 가서 삼삼 있으이 내가 조금 크기는 컸는데… 음력 보름 쉬고 이양 안 갔나…. 우리는 대밀 외가 가가 있었거든."

"우리는 그때 한○○ 집에 가 있었거든. 우리는 그때 나는 시집 왔다."(구술: 계촌댁 정차분 님, 도호댁 고 정태옥 님, 본동댁 한윤오 님, 2022.6.7.)

---

* '솥 가지고 피난 가니 솥까이라 하나 보다'라고 생각하셨다지만 두동면지에 주민소개(住民疏開)라는 말이 나오는데 소개의 일본어 발음이 そかい(소까이)입니다. 해방된 지 얼마 지나지 않은 시대 상황으로 봐서 소개의 일본어 발음 그대로 한 것으로 짐작됩니다.

5년 뒤에
나는 더 이상
늙지 말고 요대로

만화리는 크게 나눠 칠조와 율림이 있습니다. 칠조에는 비조마을과 옻밭마을이 있고, 율림에는 숲안마을과 밤골마을이 있습니다. 오늘은 숲안마을에 살고 있는 새댁 박수나 님이 '푸드테라피' 선생님으로 비조마을 아지매들과 만났습니다. 늘 가족들의 먹거리를 챙기는 주부들이 먹거리로 소꿉놀이하듯 놀았답니다. 요즘 커피 내리는 법을 배우러 다니는 비조마을 아지매가 바리스타가 되어 맛있는 커피를 내려 주서서 향기롭고 진한 시간이 되었습니다.

지금 생각나는 사람, 나에게 소중한 사람을 그려 보세요

초록색 비타민, 어린잎 채소, 오이와 노랗고 빨간 파프리카, 방울토마토, 주황색 당근, 보라색 적양배추와 비트를 싹둑싹둑 썰어 둡니다. 선명한 색깔에 기분이 좋아집니다. 우리밀 또띠야를 살짝 굽습니다. 동그란 또띠야 위에 채소를 올려 얼굴을 그립니다. "먹을 걸로 장난치지 말랬는데, 꼭 소꿉놀이 하는 게 유치원 같네" 하며 아지매들은 즐거워하십니다.

— 누굴 만드셨나요?

"내 얼굴이지. 5년 뒤에도 늙지 말고 요대로 있으면 좋겠어요."

"우리 아들! 잘 커줬으니까 좋은 배필 만나고 남들한테 배려 많이 하고 어려운 사람들 도와주었으면 하는 마음으로 만들었어요."

"나를 만들었어요. 더 이상 늙지 말고 요대로. 머리숱도 빠지지 말고 요대로 있으면 좋겠고, 항상 젊게 예쁘게 꾸미고 살아야지요."

"저도 저예요. 딸을 만들라니 딸도 둘이지 손주를 하려니 손주도 둘이지 신랑을 만들라 하니 신랑은 웬수지. 그러니 나를 할 수밖에. 5년 뒤의 나에게 한마디 하자면… 재미있게 살자!"

"나를 만들었지. 얼굴에 주름살이 많으니까 꽃같이 이뻤으면 좋겠고 머리도 허옇게 되니 이렇게 파랗고 눈도 요렇게 밝았으면 좋겠어요. 5년 뒤에? 내가 살지 안 살지…. 산다고 믿으면 지금같이 더 아프지 않고 요정도로 살면 좋겠다."

자연공감 × 만화공감 푸드테라피

율림마을에 사는 새댁 박수나 님은 '(사)식생활교육울산네트워크'에 소속되어 유치원, 학교, 복지관 등에서 식생활 교육을 하고 있습니다. 옻밭마을에 살 때, 서쪽하늘에 지는 노을에 늘 감탄했다고 합니다. 그래서 둘째가 태어났을 때 이름을 '노을'이로 지었다고 합니다.

아지매들은 선생님이 낯익다고 어디서 본 것 같다고 하십니다.

몇 년 동안 아이를 안고 업고 손잡고 마을을 걸어 다녔을 테니 그럴 만도 합니다. 만화리의 자연 풍경을 같이 이야기하고, 자연의 식재료로 요리하며 공감하고, 마을에서 사는 이야기, 내 이야기를 하며 공감합니다. 이웃 마을 새댁과 요리를 하며 이야기를 나누고 얼굴을 익히니 만남이 즐겁습니다.

나와 지구를 위해 우리 밀을 선택했어요

"우리나라에서는 밀가루를 주로 캐나다, 미국, 호주에서 수입하는데 배에 싣고 오기 때문에 기간이 오래 걸리지요. 음식이 나에게 오기까지 이동거리를 '푸드마일리지'라고 하는데 지구를 위하는 것은 이동거리가 짧은 음식을 먹는 거예요. 밀을 재배할 때는 유기농이어도 수확 후 저장을 위해서 후처리하는 농약이나, 이동할 때 방부제 처리도 불안합니다. 우리 건강을 지키기 위해서 우리 밀을 드시는 걸 추천합니다.

저희 집 근처에 사시는 할머니가 밀을 심으셨어요. 왜 심으셨는지 물어보니 먹으려고 심었다고 하셨어요. 아! 집에서 농사지은 밀로 음식 해 드시는구나 싶었죠. 만화리 곳곳에는 우리 밀을 재배하는 걸 볼 수 있어요. 그런데 정작 유통되는 밀가루 중에 우리 밀은 1%보다 적어요. 수입 밀가루에 비하면 글루텐 함유량이 적어 빵 만들 때 맛이 덜 하다고 느끼지만 우리 건강과 지구 건강을 위해서 오늘은 우리 밀을 준비했습니다."

새댁 선생님이 우리밀에 대해 이야기를 해 주시니 "가끔 먹으니까 굳이 우리 밀을 먹는 게 좋겠다", "가끔 먹는데 굳이 우리 밀 먹어야 되나? 사 놓고 남으면 처치 곤란이다"라는 의견도 있습니다. '그래도 방부제 친 거 먹는 게 뭐 좋을까. 1%도 안 되면 아무데서나 살 수 있나?' 하는 의문이 생깁니다.

"생활협동조합 '자연드림'이나 '한살림'에서 살 수 있다"고 알려 주십니다. "우리 딸도 거기서 장 보더라.", "애들 생각해서 그런다던데 우리는 나이가 들어 대충 먹어도 되지만 애들은 살 날이 많으니까 건강하게 먹어야지" 하십니다.

어떻게 하는 게 정답일까요? 정답이 있을까요? 우리가 먹는 음식을 만드는 재료들이 어디에서 어떻게 자라서 밥상에 오는지 생각해보고 알아보는 건 문제를 풀어 가는 과정인 것 같습니다. 비조마을 아지매들은 텃밭을 가꾸고 농사도 지어 푸드마일리지가 적은 음식을 많이 드시니까 만화공감에서는 만 가지 이야기를 나누며 즐겁게 문제를 풀어 가야겠습니다.

제2부

마을에 살다 마음을 잇다

마을회관 2층은
울주군 마을공동체 만들기 사업의 보조금으로
해마다 조금씩 바뀌었습니다.
2017년에는 방충망을 달았고,
2019년에는 석면 천정을 제거하고 수도가 들어왔고,
드디어 2020년에는 공간 조성을 하는
리모델링을 했습니다.
이전리 애지골에 사는 건축가 부부가
공간 설계 주민 워크숍을 하며 디자인을 도와주고,
은편리에 사는 시공사 사장님이 공사를 맡았습니다.

문을 열고 나오면,
마을

현관문을 열면 마당입니다. 대문 없는 대문을 나서면, 앞집은 계촌댁 할머니 집입니다. 아주 용감한 할머니입니다. 제가 이 마을에 이사 오고 한 달도 되지 않았을 때, 열어둔 현관으로 뱀이 들어온 적이 있습니다. 뱀을 보고는 놀라 정신없이 거실 창문으로 뛰쳐나가 맨발로 앞집으로 갔습니다. 평상에 앉아 계신 할머니한테 큰일 났다고 얘기했더니, 냉큼 쫓아 주셨어요. 그날 한참 동안 집에 들어갈 생각도 못하고 할머니네 평상에 앉아 엉엉 울었더랬습니다. 지금은 길고양이가 거의 집고양이가 되어 지켜 줘서 안 나와요.

　담장을 따라 몇 걸음 가면 본동댁 할머니가 깻밭에서 깻잎을 따고 있습니다. 깻밭 한가운데 파라솔을 펼치고 썬캡에 긴팔 옷을 입고 낮은 의자에 앉아 계십니다. "안녕하세요?" 하고 인사를 하면 "어디 가?" 하고 물으십니다. "마을회관에 청소하러 가요.(사실 5년째 청소 중)" 하고 답하며 가는데, 가끔은 비가 제법 오는데도 밭일을 계속하셔서 옆에 쪼그리고 앉아 우산을 씌워 드립니다. 그러면, "요것만 따고 갈 거다. 니, 일 봐라." 하십니다.

　또 몇 걸음 가면 석순 아지매네 백구가 짖습니다. 자주 보니 이젠 낯이 익을 만한데도 짖는 걸 보면, 집을 잘 지키나 봅니다. 골목이 꺾어지는 곳에 예전에는 큰 감나무가 있어서 감꽃이 떨어지면

어릴 적 생각이 나곤 했는데, 지난해 무너진 담장을 수리하고 창고를 손보면서 없어졌습니다. 지금도 하늘을 올려다보면 여름 햇살에 반질반질 윤이 나면서 푸릇푸릇하던 잎들과 늦가을 홍시가 보이는 것 같습니다.

조심해서 내리막길을 가면 작은 오거리가 나옵니다. 동쪽으로 가면 개울을 따라 조릿대가 있던 길(아! 키가 작던 조릿대는 사방공사를 하던 어느 날 이후 찾아볼 수 없습니다)은 산으로 이어집니다. 북쪽으로 가면 3년 전 이사 온 개구쟁이 형제 정후·정민이네 집과 그 위 언덕으로는 대추 할아버지, 벌 할아버지 댁입니다(아이들은 할아버지 댁에서 본 걸로 별명을 짓습니다). 남쪽은 축대가 쌓인 길인데, 올해 여름이 되기 전만 해도 하늘 높이 자란 키 큰 대나무가 터널을 만들어 주던 길이었습니다. 마을회관으로 가는 길은 서쪽입니다. 모퉁이에 아무도 살지 않는 집이 한 채 있습니다. 대문 자리에 엄나무가 자라고 마당엔 풀이 우거져 있습니다. 지난해엔 초등학생 아이들과 마을 탐험을 할 때 빈집 탐험을 하고 싶다고 해서 간 적이 있습니다. 어른들은 돌아가시고 도시에 사는 자녀들은 집 관리를 하지 않는다고 합니다.

이제 오르막길입니다. 제법 가파르지만 길지는 않습니다. 시멘트마당에 큰 화분을 놓아 두고 상추, 고추, 가지 같은 야채를 기르시는 부천댁 할머니 집과, 집 앞을 접시꽃, 금잔화, 봉숭아 솔잎국화 꽃길로 만들어 두신 (은퇴하신) 목사님 집을 지나면, 지금은 마을 창고로 쓰이는 옛날 마을회관입니다.

파란 슬레이트 지붕, 연한 옥색 시멘트 벽은 여기저기 페인트칠이 벗겨져 빈티지한 멋이 납니다. 이 건물이 너무 예뻐서 재작년에는 마을 어른들의 창고에 있는 옛날 농기구나 생활용품 같은 물건들을 모아 작은 전시를 했습니다. 어른들이 "니 눈엔 이게 이뻐 보이나?"라고 하셨습니다. "네! 제 눈엔 이뻐요." 했습니다.

이제 (거짓말 좀 많이 보태) 하늘이 바로 닿을 듯한 언덕배기에 도착합니다. 밤만디입니다. 밤나무가 많은 만디(언덕)라는 뜻인데, 지금은 한 그루만 남아 있습니다. 언덕 위에 2층짜리 마을회관이 있습니다.

이곳이 만화리 통신*이 시작되는 비조마을회관입니다. 1층은 경로당인데 요즘은 코로나19로 문을 닫아 조용합니다. 평소에는 할머니들이 모여서 TV도 보고 윷놀이, 화투 놀이, 맨손체조를 하시고 점심으로 콩국수, 칼국수를 해 드십니다.

2층은 마을회관입니다. 마을회의가 있을 때 나오시는 분들이 대부분 노인회 회원들이다 보니 1층 경로당에서 마을일을 의논하는 일이 많아 2층은 한참을 비어 있었습니다. 2016년부터 울주군 마을공동체 만들기 사업을 하며 조금씩 주민 공간으로 바뀌고 있습니다.

처음으로 사업 신청서를 쓸 때 주민 모임의 이름이 있어야 된다고 해서 별 생각 없이 만화리니까 '만화공감'이라고 했습니다. 처음에 만화리라고 들었을 때는 만화책을 떠올렸는데, 몇 년 살다 보니 '만물이 조화를 이룬다는 뜻이겠구나' 했고, 마을공동체를 하려고 보니 만 가지 이야기가 어우러지는 마을이면 좋겠다 싶었습니다. 요즘은 만 가지 꽃 같은 사람들이 모여 사는 마을인 것 같습니다.

---

* 만화리통신은 2020년 9월부터 생태적지혜연구소 웹진에 연재하는 마을 이야기 제목입니다.

과거와 현재가
만나는 곳,
비조마을회관

빛나는 시간들 빛바랜 사진

옛날 사진을 받았습니다. 비조마을 소녀들의 모습입니다. 사진을 찍는 게 어색하고 쑥스러운지 웃음기 없는 아이들이 나란히 앉아 있습니다. 맨 오른쪽은 계촌댁 할머니 큰딸(요즘도 종종 마을에 오십니다), 그 옆에는 본동댁 할머니 시누이(본동 할머니는 본래 이 마을 살아서 본동댁인데 옆집 오빠랑 결혼하셨지요), 그 옆에는 누구누구라고 얘기해 주시는데 50년도 넘은 흑백사진 속에서 지금 모습을 쉽게 연상할 수가 없었습니다.

비조마을 청년들의 사진은 환하게 웃는 모습이 어찌나 멋지던지요. 그 시절 미역골 저수지 공사를 하며 사진을 찍었고 일을 마치고 술 한 잔 곁들이며 고고춤도 즐겼다고 합니다. 빛나는 시간들이 빛바랜 사진에 들어 있었습니다.

지난 토요일(2020.11.14) 마을회관에서 조촐한 행사가 열렸습니다. 몇 달 동안의 리모델링 공사가 끝난 것을 기념하는 준공식입니다. 1층 경로당에서 고사를 지내고 2층에서 다과회를 하며 마을 이야기 슬라이드를 감상했습니다. 마을 총무님께서 슬라이드에 쓰라고 장롱 속 앨범에서 사진을 찾아 주셨습니다. 아이부터 어른까지

모일 테니 마을의 옛날 모습과 지금 모습을 같이 보면 좋을 것 같 았습니다. 최근 사진을 고르면서 몇 년 동안 찍은 것들을 보니 그새 아이들이 훌쩍 컸습니다. 슬라이드를 같이 볼 때 화면에 나온 아이 들이 옆에 앉아 있는 모습을 보니 기분이 묘했습니다. 옛날 사진 속 마을 사람들의 모습을 보며 어른들도 그랬을 것 같습니다.

일이 있어 준공식에는 못 온 본동댁 할머니가 오후 늦게 2층에 오셨습니다.

"잡고 올라오는 거 있으니까 오기 숩네(쉽네)."

하십니다. 2층 공사를 하며 벽에 핸드레일을 달았습니다. 그래도 무릎이 아파서 올라오기 힘드셨을 겁니다. 새롭게 단장한 2층을 보 려고 일부러 와 주신 본동댁 할머니를 위해 슬라이드를 한 번 더 틀 었습니다.

"아이고! 저거는 옛날 사진이네."

할머니 눈이 촉촉해진 걸 보고 덩달아 살짝 울컥했어요. 기분이 좋아 마신 술 한 잔의 기운 때문이었는지도 몰라요.

"깨끗하게 잘 꾸며 놨네. 헌 집이 새 집 됐다. 한다고 고생 많이 했다."

격려도 해 주십니다. 비조마을 걸크러쉬 본동댁 할머니의 무뚝 뚝한 듯 부드러운 말투는 어떻게 글로 표현할 수 있을까요? '마음으 로 읽어 주세요'라고 쓸 수밖에요.

해도 해도 표가 조금만 나는 청소

　제가 마을회관 2층에 처음으로 올라가 봤던 때는 2016년입니다.
미닫이 유리문을 열자 먼지가 뿌옇게 앉은 탁구대, 겹겹이 쌓인 오
래된 의자, 케케묵은 책이 있는 책장, 군데군데 칠이 벗겨진 체육대
회 트로피, 표창장…. 뒤를 돌아보면 벽 위쪽에는 옛날 이장님들의
사진이 주욱 걸려 있는 넓직한 교실 같은 곳이었습니다. 뾰족한 모
양의 창문으로는 치술령 산자락이 보이고 마을 풍경도 멀리까지
보였습니다. 예전에는 2층에서 마을회의도 하고 마을문고도 운영
했지만 마을 사람들이 나이 들어 가며 1층만 쓰게 되었습니다. 새
로 이사 온 새댁들이 차도 마시고 아이들이 책을 읽고 놀 수 있는
공간으로 써도 될지 마을노인회와 운영위원회의 허락을 얻어 청소

부터 시작했습니다.

　마을회관 바로 옆집에 사는 어른이 컴프레셔를 가지고 오셔서 먼지를 불어 날려준 것을 시작으로 물청소를 했습니다. 2층에는 수도가 없어 1층에서 긴 호스를 연결해 계단까지 청소했습니다. 그때는 5년 동안 해도 해도 표가 조금만 나는—절대로 안 나는 건 아닌—청소를 하게 될 줄 몰랐습니다. 청소하고 아이들과 엄마 아빠와 밤만디에서 먹은 시원하고 달콤한 수박 맛은 아직도 기억이 납니다.

　헌집이 새집 됐다

　마을회관 2층은 울주군 마을공동체 만들기 사업의 보조금으로 해마다 조금씩 바뀌었습니다. 2017년에는 방충망을 달았고,—그전에는 더워서 창문을 열면 말벌이 윙윙거리며 들어왔어요—2019년에는 석면 천정을 제거하고 수도가 들어왔고, 드디어 2020년에는 공간 조성을 하는 리모델링을 했습니다. 이전리 애지골에 사는 건축가 부부가 공간 설계 주민 워크숍을 하며 디자인을 도와주고, 은편리에 사는 시공사 사장님이 공사를 맡았습니다. 낡고 크기가 다른 액자에 있던 이장님들 사진은 새 액자에 넣어 한쪽 벽에 포토존을 만들었습니다. 트로피도 깨끗하게 닦아 진열장에 장식했습니다. 시공사에서 거래하던 액자 가게에 이장님들 사진을 들고 새

로 액자를 맞추러 갔을 때, 액자 가게 사장님이 "이 사진들 어디서 났냐"고, "이 사람들 자신이 다 아는 사람들이고 본인도 이 마을 출신"이라고 했다는 드라마 같은 이야기도 있습니다. 마을 어른들이 2층에 오셨을 때 이장님들 사진을 보고 "액자도 새로 했네"라고 하시면, "달동에 있는 〈한아름 액자〉에 갔는데 비조마을분이라고 하셨다"는 이야기를 전합니다. "그래? 한○○잖아. 그 사람 잘 알지. 그런 일이 있었어!" 하고 신기해 하셨습니다.

비조마을에 놀러오며 몇 년 동안 마을회관의 모습을 본 아이들은 축하한다고 그림을 그려줬습니다. 비조마을에 살며 옛날과 지금이 겹치는 순간을 자주 만납니다.

삶이 예술이 되는
마을

비조마을의 새해맞이는 동제

새해 첫날도 있고 세배 드리는 설날도 있지만, 비조마을의 새해 맞이는 정월대보름 아침 일찍 동제를 지내는 것으로 시작됩니다.

마을 동쪽 끝자락에 당산나무가 있습니다. 당산으로 가는 길 왼 편으로 자그마한 개울이 흐르고 오른편으로 논이 펼쳐져 있습니 다. 논물이 고여 있어 차가운 날씨에 살얼음이 끼어 있습니다. 당산 나무 근처에는 동제를 지내기 얼마 전부터 새끼줄을 쳐서 출입을

금합니다. 평소에도 오가는 사람이 거의 없어 한적한 곳이지만 표시를 해 두고 마음을 가다듬는 것 같습니다. 예전에는 사당이 있었는데 어느 날 화재로 소실되었습니다. 지금은 제단만 마련되어 있습니다.

마을 아저씨들이 장을 보고 제수를 장만해 제단에 제상을 차립니다. 촛대에 불을 밝히고 촛불이 꺼지지 않게 종이컵을 씌워 둡니다. 절을 올리고 술을 올리고 축문을 읽고 다시 절을 올립니다. 마을 사람들의 건강과 안녕을 기원하며 소지를 합니다. 소원을 담은 얇은 종이가 훨훨 타올라 재가 되는 모습을 지켜봅니다.

서우규 님이 들려주신 마을동제 이야기

2017년 꿈다락 토요문화학교 '삼색산책길'이 비조마을에서 진행되었을 때, 마을 어르신 서우규 님이 참가자들에게 마을을 안내해 주면서 당산나무 앞에서 동제에 얽힌 이야기를 들려주셨습니다.

"동제를 지낸 것은 정확히 언제부터인지 모릅니다. 제가 어릴 때도 지냈고 윗대 어른들께 물어 봐도 할아버지의 할아버지 때도 지냈다고 하셨습니다. 옛날에 토속신앙이었을 것입니다. 바다에 가면 풍어신이 있듯이 여기에 사람이 정착하면서 수호신으로 모셔 제를 지냈을 것입니다.

제사를 모시기 전에 금줄을 쳐서 잡신이 못 오게 막고 제주의 집에도 금줄을 쳐서 매사 조심하게 했습니다. 저희 집에도 아버지가 제주로 동제를 모실 때 보면 밤중에 일어나서 정월 보름날 굉장히 추운데 찬물에 목욕을 하시고 정성을 다했습니다. 동네에 좋지 않은 일이 생기면 수호신을 잘못 모셨다고 생각했기 때문입니다."

마을의 수호신

"그러다 한 40년 전부터 15년간은 동제를 지내지 않았습니다. 사회가 바뀌면서 사람들의 인식도 따라 바뀌어 전통을 지키려는 생각도 사라져 갔습니다. 그런데 오비이락(烏飛梨落)일지 모르겠지만, 동제를 지내지 않고부터 마을에서는 젊은 사람들이 죽는 일이 생

겼습니다. 비명횡사였습니다. 처음에는 사고가 그저 안타까웠지만, 제가 알기로 15명 정도가 죽고 집집마다 피해를 안 본 데가 없을 정도가 되니, 젊은 사람들에게는 혹시 다음은 내 차례일까 두려운 마음도 생겼습니다. 그래서 여러 사람들이 의논을 해 수호신이 있다고 믿지 않더라도 좋은 게 좋은 거라고 해서 다시 모시게 되었습니다. 이상하게 다시 모시고부터는 그런 일이 한 번도 없어요. 나이 순서대로 돌아가실 분은 돌아가시고…. 그래서 이 당산나무는 상당히 정신적인 우리 마을의 수호신입니다."

묵은 것은 소멸되고 새로운 것으로 바뀌니
동제를 모시는 것도 현실에 맞게

"전에는 정월 대보름날 밤중에 제사를 모셨는데 요새는 아침 8시나 9시 되어 해가 뜨고 모십니다. 혹시라도 와서 참배하실 분은 비조마을 사람이 아니어도 누구나 오시면 됩니다. 묵은 것은 소멸되고 새로운 것으로 바뀌니 동제를 모시는 것도 현실에 맞게 해야지요. 옛날에는 송아지를 낳아도 못 온다고 했지만, '송아지를 낳으면 돈이 되는데 왜 못 와? 더 좋지!'라고 생각이 바뀝니다."

달빛에 소망을…

이제 곧 정월 대보름이군요. 밤에는 밝은 달빛을 볼 수 있으면 좋겠습니다. 정월대보름 달을 바라보며 고요히 올해의 소망을 기원하고 싶습니다.

새로운 해를 만나고 새로운 달을 만나고 새로운 나를 만나 만물이 조화를 이루는 삶은 예술이 됩니다.

삶이 예술이 되는 만화리 비조마을에서 달빛을 보내드립니다.

겨울이 가고
봄이 오는
순간들

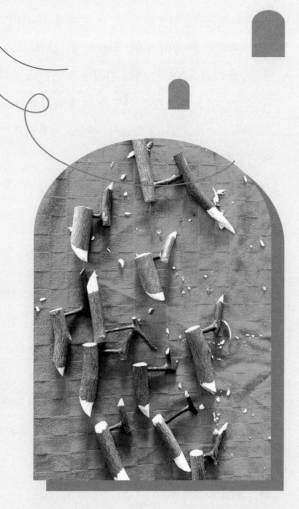

봄이 왔습니다

　손이 꽁꽁 얼 정도로 추운 날은 손에 꼽을 만큼 적고 눈은커녕 비도 제대로 온 적이 없던 겨울이 지나갔습니다. 코로나19도 주위로 점점 다가와 '다 한 번씩 걸려야 끝나려나 보다' 하는 이야기를 주고받습니다. 마을에는 산수유 꽃과 매화가 피고 봄이 왔습니다. 트랙터가 논과 밭을 갈며 농사 준비로 바빠지고 방학 동안 부쩍 큰 아이들은 한 학년 올라갔습니다.

이런 때일수록 정성스럽게

　올해(2022) 정월 대보름 동제는 2월 15일(화)이었습니다. 동제를 의논하는 마을회의에서는 코로나19 확산세가 염려되니 동제를 지내지 말아야 할지 고민했지만, 이런 때일수록 간소하지만 정성스럽게 제사를 모시자고 의견이 모아졌습니다.
　대보름 전날에는 마을 어른 몇 분이 당산나무 주위를 청소하고 건구지를 걸고(새끼줄로 금줄을 치고) 흰 종이를 끼워 준비를 하셨습니

다. 동제에 쓰는 새끼줄은 역(逆)새끼줄이라 해서 왼새끼 꼬기를 합니다. 왼새끼 꼬기를 할 줄 아는 사람이 없어 몸이 편찮은 마을 어른이 해 주셨습니다.

아이들은 방학이지만 방과후학교 수업을 하고 있어서 책가방을 메고 당산나무에 왔습니다.

"얘들이 우리 마을 보물이지. 동제 지낸다고 와서 절도 하고 착하다. 곧 새 학년도 되니 용돈 줄게."

용돈에다 제상에 올라간 새싹삼도 받아서 마스크로 가린 입속으로 쏙 한 뿌리씩 먹으며 음복했습니다. 아이들은 얼굴을 찡그리며 이게 무슨 맛이야 했지만 어른들은 먹어 두면 머리 좋아진다고 하셨습니다.

아침 8시에 모여 30분 만에 제를 모셨지만 마을 사람들의 건강과 농사가 잘 되길 기원하는 마음은 가득합니다. 비가 워낙 안 오니 소지를 할 때는 시멘트 바닥에 앉아 바닥 쪽을 향해 바람에 날려가지 않게 태웁니다. 음식 나누는 것도 삼가고 자리를 정리합니다.

작은 손으로 마음을 담아

동제를 지내고 일주일 뒤 두동초 아이들과 솟대 만들기를 했습니다. 오랫동안 솟대 작업을 해 오신 산풍성신 작가님과 함께하는 '4·16 기억 304마리 솟대 만들기'입니다. 2014년 4월 16일 세월호를

기억하며 많은 사람의 염(念)을 담아 하늘과 땅 사이 안테나를 세우는 작업입니다.

산풍성신 작가님은 테이블 위에 도톰한 천을 깔고 쪽동백 나뭇가지와 칼, 전지가위, 드릴을 놓아 둡니다. 칼을 쓰기 때문에 주의할 점을 단단히 일러줍니다.

"칼날은 길게 빼지 말고 한 칸만 나오게 해서 앞으로 밀어 나무를 깎으세요. 팔에 힘을 줘서 쭉 뻗으면 옆에 친구가 다칠 수 있으니 조심합니다. 오늘 만드는 건 솟대예요. 옛날에 동네 입구에 길다란 나무 위에 올려두고 마을을 지키는 수호신이라고 했어요. 솟새라고도 하는데 새 같기도 하고 오리 같기도 해요. 몸통으로 할 나뭇가지를 골라 만들고 싶은 크기로 자르고 꼬리를 뾰족하게 다듬습니다. 그다음에 몸통과 어울리는 머리로 할 나뭇가지를 고릅니다. 부리를 다듬고 선생님이 몸통에 드릴로 구멍을 내 주면 머리를 끼우고 완성이에요. 새가 어디를 볼까요? 위를 봐도 되고 밑을 봐도 되고 오른쪽, 왼쪽 아무데나 보고 싶은 데를 보면 돼요."

작은 손에 칼을 쥐고 나무를 다듬는 아이들은 말이 없습니다. 작가님은 아이들이 열심히 한다고 칭찬해 주셨습니다. 앞으로 다른 곳에서도 여러 사람이 솟대를 만들고 304마리의 솟대를 전시한다고 했습니다. 아이들과 전시회에 가면 우리가 만든 솟대를 찾을 수 있을까요? 작가님은 솟대 작품을 만드는 의미를 자세히 설명해 주지 않았지만 아이들의 마음이 담겨 있으니 알게 모르게 알 것 같습니다.

옛날 이름,
옛날이야기

마을 이곳저곳을 부르는 이름

비조(飛鳥)마을 지명은 신라 시대 박제상 이야기에서 유래합니다. 왜국에 간 남편 박제상을 기다리던 부인이 치술령 꼭대기에서 망부석이 되어, 몸은 죽고 혼은 새가 되어 산 아래 마을에 있는 바위 위에 날아와 앉았다 해서 생긴 이름입니다. 그래서 마을 표지석에는 '전설이 있는 따뜻한 비조마을'이라고 쓰여 있습니다.

비조마을 안에도 장소마다 이름이 있습니다. 아이와 마을을 산책하며 만나는 마을 어른들께 인사를 하고 이야기를 나누다 보니 하나씩 알게 되었어요. '모시들'에는 논둑에 모시나무가 많았고, '한드미'에는 옛날 옛적 신라 시대에 한덤사라는 절이 있었고, '이내골'에는 논이 있어 쌀이 많이 났고, '목너메샘'에는 낮은 동산 너머에 샘이 있었고, '분무골'에는 풀무질하던 대장간이 있었다고도 하고 누군가의 부모가 살던 곳이라고도 하지요. 지금은 모시나무도 없고 절도 없고 샘도 없고 대장간도 없답니다. 대신 논을 메워 집을 지었고, 마을 지하수를 설치했고, 와불(臥佛)이 있는 새 절이 생겼답니다.

내가 도깨비에 홀려서 죽을 뻔한 적이 있거든

 지난 가을에는 분무골로 산책 갔다가 마을 어른이 예전에 도깨
비에 홀린 이야기를 전해 들었습니다. 분무골은 비조마을 회관 건
너편으로 난 길을 따라가면 나오는 작은 마을입니다. 그날은 마을
어른(대추 할아버지), 어린이(지우), 스케치하러 오신 박재완 화가님과
넷이서 걷고 있었어요. 대추 할아버지가,

 "여기는 무서운 데야. 좀 으스스하지 않나?"

 하고 물으셨어요.

"네? 논이 저 멀리까지 보이고 먼 산도 보여서 좋은데요."

"내가 여기서 도깨비에 홀려서 죽을 뻔한 적이 있거든. 그래서 난 여기 오면 무섭더라."

"네? 도깨비요? 언제 적 이야기예요?"

도깨비 이야기는 언제 들어도 흥미진진하지요. 무섭고도 재미있는 도깨비 이야기잖아요.

1969년 1~2월쯤 눈이 많이 오던 날이었다고 합니다. 대추 할아버지가 대입 본고사를 치르고 얼마 뒤였는데, 그날은 울산 시내에서 친구들과 술자리를 하고 집으로 가는 길이었대요. 은편에서 버스를 내려 장성마을과 이전마을을 지나 분무골로 들어와 좀 더 가면 집이에요. 눈길에 발은 푹푹 빠지고 밤바람은 차가웠고 술기운은 얼큰해 서둘러 가셨다는데, 아침에 일어나서야 지난밤 도깨비에 홀린 걸 이장님이 집에 데려다 줬다고 아셨대요.

다음은 대추 할아버지가 도깨비한테 홀린 이야기입니다.

"나는 기억이 안 나는데, 그때 이장님이셨던 이○○ 어른 때문에 살았지. 그분이 밤에 분무골을 지나가는데 여기 웅덩이 쪽에서 사람 소리가 나더래. '이상하다. 틀림없이 누가 꼬였구나' 생각했대. 무서우니까 볏짚에 불을 붙여 오니, 내가 그 추운 겨울에 웃통을 거의 다 벗고 있더래. 아무리 이름을 불러도 쳐다보지도 않더래. 그래서 횃불을 휘휘 돌리니 얼굴이 따라오더래. 그 횃불을 들고 집까

지 데려다준 거야. 걸어오면서 내가 자꾸 누구하고 이야기를 하더래. '목욕을 할라면 같이 하지 왜 니 혼자 하냐'고. 그 웅덩이에서 목욕하려고 옷을 벗고 있는데 이장님을 만난 거지. 안 그랬으면 거기서 얼어 죽었지. 눈은 그만큼 많이 왔지….

여기는 언덕이 높아 자전거 타고 못 올라갈 정도였는데 지금은 많이 낮아졌지. 넘어서면 바람도 세고 도깨비가 다니는 길목이었잖아. 떠도는 이야기로는 늘 세 사람이 바람같이 지나가는데, 지나가고 보면 그 사람들 다리가 없더래. 다리 없는 도깨비가 다닌다고 했지.

초등학교 운동회 마치고 대밀에서 걸어오는데 어른들은 뒤에서 천천히 오고 꼬맹이들은 어울려서 막 뛰어오지. 오면서 보니 여우가 지나가더라니까. 도깨비가 여우로 둔갑해서 다니는 거라고 어른들이 얘기했지.

산에는 담비도 있었는데 담비가 호랑이 잡아먹는다잖아. 호랑이 목에 올라타서 목을 파먹는데 그러다 보면 호랑이가 쓰러지는 거지. 내가 중학교 때 우리 집 짓던 정대목이라고 장성마을 사는 사람이 있었는데, 공사하고 집에 가는 길에 이내골 입구 지나가면 산에서 담비가 흙을 뿌린다네. 정대목은 늘 있는 일이니까 무서워하지도 않고 지나가는데, 원래는 담비가 흙 뿌리고 돌멩이도 던지다가 사람이 쓰러지면 덥비지. 이제는 사람이 많이 사니까 담비는 없지."

도깨비랑 담비는 있을까?

대추 할아버지가 해 주시는 도깨비와 담비 이야기를 들으며 몇 년 전일까 헤아려보니 50년, 60년 전입니다. 뿔난 도깨비는 동화책에서 봤지만 다리 없는 도깨비는 몰랐고, 담비는 처음 들어본 지우에게 산에 가면 뭐 있냐고 물어봅니다.

"나무랑 새랑… 풀 있어. 다람쥐도 두 번 봤어."

"도깨비랑 담비는 있을까?"

"없지. 엄마는 도깨비 믿어?"

뭐라고 대답해야 할까요. 도깨비도 담비도 모두 있다고 말하고 싶습니다.

마을 논이
큰 갓 아래
서도가리

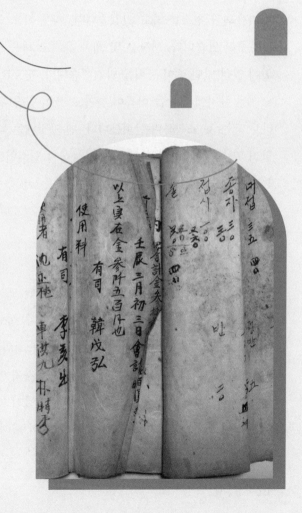

유물 발견!

마을회관 청소를 하고 있었습니다. 지우 학교 친구네 아빠들이 도와주러 왔습니다. 책장을 몇 개나 옮기고 책을 정리하다가 책장 위에 얹혀 있던 종이 뭉치를 발견했습니다. 끈으로 묶인 책입니다. 오래된 한지에 사람들 이름이 한자로 쓰여 있습니다. 고대 유물이라도 되는 듯 조심하며 살펴봅니다. 맨 앞장에는 녹슨 열쇠가 끈에 달려 있습니다. '이 열쇠는? 혹시 보물상자 열쇠일까? 그럼 책 속에는 보물지도가 있을지도….'라고 생각하며 글씨를 살펴봅니다.

계칙 1. 계명은 리중계(里中契)라고 칭함

이라고 적혀 있습니다. 마을에 계가 있었던 모양입니다. 천천히 읽어보고 싶었지만 청소하던 중이라 따로 치워 둡니다.

물론 예상하셨겠지만 예상대로랍니다. 잘 치워 두며 다음에 읽어 봐야지 하다가 잊어버린 거죠. 그러다 갑자기 어디 뒀더라 하며 찾아보았습니다. '커먼즈'라는 말을 알게 되었기 때문입니다. 생태적지혜연구소에서 온라인으로 개최한 '제1회 생태적 낭독회'의 주

제였습니다. 생태적지혜연구소 웹진에 글을 기고하는 필진이 많은데 주제어를 하나 정해 지난 글들 가운데 몇 편을 같이 낭독했습니다. 커먼즈는 공유지, 공유재 같은 걸 말한다는데 우리나라에서는 옛날에 두레나 정전 같은 것도 있어서 마을에서 공동으로 울력을 했답니다. 그래서 청소하다 발견한 그 책이 생각났어요.

1952년에서 1989년까지의 기록

처음 기록한 날짜가 임진 3월 초(初) 3일입니다. 1952년이죠. 무려 67년 전이네요. 마을에 필요한 그릇류를 공동으로 구매해서 길흉사에 쓴다는 내용이었습니다. 계원이든 비계원이든 모두 빌려서 쓸 수 있습니다. 계칙 뒤에는 식기 수량 내역과 계원들의 이름이 적혀 있습니다. 구입한 물품의 품명, 수량, 금액이 있는데 접시를 '졉시'로 쟁반은 '정반'으로 표기한 걸 보니 더 옛날 책 같은 느낌이 났답니다.

마지막 기록은 1989년 구(舊) 정월 7일입니다. '사용료 본부락 5천원, 타부락 1만원으로 정함'이라고 쓰여져 있습니다. 붓글씨로 시작되어 볼펜 글씨로 끝났어요.

처음 계가 생겼을 때의 계칙을 소개하겠습니다. 책장을 넘기는 곳은 종이가 떨어져 나간 곳이 있어 못 읽은 글자도 있고 무슨 글자인지 모르는 한자도 있었지만 마을 어른들께 물어봤습니다.

<계칙>

1. 계명은 이중계(里中契)라고 칭함

2. 계의 목적은 기구(器具)를 매수하여 상호간 길흉사에 사용하기로 목적으로 한다.

3. 계원 57명으로 조직하였으나 가입탈퇴자 유(有)할 시는 총액에 의지한다.

4. 계금은 매인당 5천원 갹출하고 회 실매도금 사만오천원과 합산하였음

5. 유사(有司) 1명을 둔다.

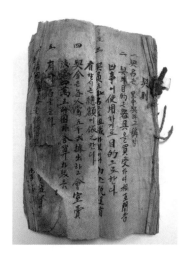

6. 유사는 기기를 보관하고 출납을 감독하고 금전을 관리한다.

7. 사용요금은 계원이나 타인이나 동일하다.

8. 사용요금은 1차에 한하여 5천원을 정하되 계회 시 경정(更定)할 수 있다.

9. 사용타가 파괴(破壞)할 시는 동일한 물품 배상하기로 한다. (계회 시 기구를 검사하야 사용치 못할 기구는 유사가 부담함)

10. 1차 사용은 당일간으로 정하고 기 익일 반송할 것이며 만약 1일이라도 경과할 시 배액을 징수함.

계원명부(생략, 64명)

식기 수량 내역 : 사발 25, 수탱사발 40, 대접 35, 탕기 40, 종자

30, 접시 100, 술 40, 술잔- 사기잔 10, 수탱 10, 정반 5, 주전자 4
개, 반 20

내역 : 자본금 총액 330,000원정
기 품명 사발 25(大) 28,000 대접 20(大) 28,000 탕기 3(大),
19,000 종자 20, 9,000 접시 3(大) 27,000 술(술가락) 2속 36,000 술
잔 3개. 10,000 정반 5, 13,400 주전자 1개 13,600 반 20개 105,000
못 100문(匁) 2,000 괴 1 5,000 용지 1권 2,000 여비 28,500

전체 매수합계금 326,500원정
임진(壬辰) 3월 초(初)3일 회계시
이상 실제금 3,500원
유사 한무홍

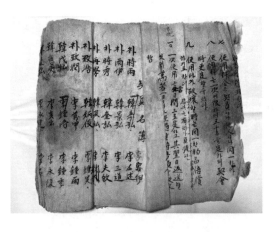

동네 그릇, 마을 논이 큰 갓 아래 서 도가리, 마을화전

마을에서는 어떻게 계를 운영하셨는지 어르신께 여쭤봤습니다.
책을 살펴보시며 계원들의 이름을 보시더니
"여기는 우리 큰아버지, 저 아래 사는 병원에 다니는 사람 부친,
호걸이 할아버지, 우리 아버지, 윤오 아버지···. 아는 사람 다 있네.
이런 책이 아직 있고 물어봐 주고 고맙네."
하십니다.

"옛날에는 결혼할 때 잔치를 하면 5일 정도는 하거든. 사람들이
오니 그릇이 필요하지. 마을 공동으로 쓰는 그릇이 있어서 돈을 얼
마 내서 사용하고 다 끝나면 그릇을 헤아려서 하나도 손실 없이 하
고 하나라도 깨지면 사 놓아야 돼. 책임 맡은 사람이 있어서 그릇을

갖다 주고 맞는가 안 맞는가 헤아려서 모자라면 물어내고. 상자를 만들어서 회관에 보관했지. 사람이 돌아가시면 초상 때 일을 집에서 하는데 집에는 그릇이 많이 없으니까.

마을 논이 큰 갓 (마을 동쪽에 있는 산) 아래 서 도가리(세 조각) 있었지. 소작을 줘서 소출 나는 건 자기가 하고 얼마는 마을에 줬지. 모아서 마을 화전도 하고 옛날에는 봄 되면 화전을 안 빼고 했거든. 날을 정해서 꽹과리 치고 풍물 치고 춤추고 놀았지. 떡도 만들고 탁주도 집에서 했거든. 동제할 때도 쓰고 마을에 필요한 걸로 썼지. 지금은 마을 논이 없고 동제 지내는 데에 땅이 좀 남아 있지.

즐겁게, 같이, 하기

예전에는 계를 만들어 마을에 필요한 물품을 사고 품앗이를 해 농사를 지었다면 요즘은 마을에서 공동으로 할 필요가 있는 건 무엇일까. 예전에 길을 내고 저수지를 만들 때 울력을 했듯이 할 수 있을까. 모두에게 똑같이 절박하게 필요하다면 하겠지만 그런 게 있을까. 이제는 절박함보다 즐겁게 같이 할 수 있는 걸 해야겠지요.

모두가 즐기는
비조마을 배움터
한마당

'사업'이라기보다 일상을 예술로 살아가는 활동이자 놀이

　요기 앞치마 입고 있는 어린이들은 두동초등학교 학생들인데
요. 오늘 음료 나눔을 해요. 아이들이 코코아랑 복숭아티를 만들어
요. 지난여름 마을에 있는 북카페 '바이허니'에서 음료 만드는 걸
배웠는데 마을 어른한테 배워서 마을에서 나눠요.

　이 조청은요 마을 아지매가 밤새 가마솥에 끓여서 만든 건데 오
늘은 특별히 생강 조청이에요. 생강맛이 살살 나는 게 도장 떡이랑
너무 잘 어울리죠?

　이 손두부는요 마을회관 옆에 옆에 집에 사시는 아지매가 콩을
갈아서 만든 건데 따끈따끈해야 맛있다고 아침부터 준비하셔서 조
금 전에 가져오신 거예요.

　맛있는 이야기가 펼쳐지는 '비조마을 배움터 한마당'입니다. 비
조마을회관과 밤만디에서 행사가 열렸습니다. 2016년부터 시작된
'울주군 마을공동체 만들기 사업' 7년차 행사입니다. 사업이라기보
다는 일상을 예술로 살아가는 활동이자 놀이입니다.

　코로나19를 맞으며 모이기 힘든 시기를 지나 이제는 모일 수 있

어 마을 주민이 가진 재능을 이웃과 나누는 자리를 마련했습니다.

원래 작은 게 일이 많다

비조마을 배움터 한마당이 열리기 3일 전 이장님 댁에 갔습니다. 스킨답서스 화분 나눔을 해주신대서 이장님 사모님과 준비를 같이 합니다.

60개나 되는 작은 화분을 하나하나 씻어 흙을 채우고 스킨답서스 줄기를 잘라 화분에 꼭꼭 심습니다.

"이 화분들 어차피 흙 묻을 건데 안 씻어도 되잖아요?"
"이왕 주는 거 깨끗한 게 안 낫나."
"이게 작은데 은근 일이 많아요."
"원래 그렇다. 작은 게 일이 많다. 그래도 같이 하니까 재미있네. 수국 하면 이쁜데. 내년에는 수국 꼭 하자. 그땐 여럿이서 일도 하고 밥도 먹고 놀며 하자. 그기 공동체지 뭐 별 거 있나!"

앉았다 일어났다 화분을 씻으며 귀찮고 다리도 아파서 한마디 했더니 역시 일 많이 해 본 아지매는 적당히 꾀부리려는 새댁을 달래 가며 힘든 기색 없이 이끌어 주십니다.

스킨답서스는 흙 없이 유리병에 물 부어 꽂아 두면 너무 예쁘고

실내에서 잘 자라고 습도 조절도 해 주는 기특한 식물이라 많이 나눠 주고 싶으시답니다. 화분을 나눠 주면 흙이 떨어져 들고 가기 힘들다면서 문구사에 가면 비닐백이 있으니 화분 가져가서 사이즈 보고 맞는 걸로 사 두라고 하십니다. 입구가 벌어지면 안 이쁘니 묶을 수 있는 삼베 끈도 같이 사라고, 내추럴한 색이라야 화분의 녹색이랑 어울린다며 세심하게 주문하십니다.

아침 일찍부터 또는 밤새도록

마을 아지매들이 준비한 손두부와 생강조청은 어떻게 생각하면 별다를 것이 없는데 직접 만들어서 너무나도 특별한 맛이었답니다. 옛날 맛 그대로 소박해서 고급지다며 인기였습니다. 비법은 밤새도록 가마솥에 불 조절해 가며 끓인 조청이라는 점과 맛있게 먹을 수 있게 아침 일찍부터 준비해서 김이 풀풀 나는 따끈따끈한 손두부를 작년 김장김치와 같이 아지매들의 손맛과 정성을 먹었다는 거죠. 바리스타 마을 아지매가 내려 주는 핸드드립커피까지 있어서 비조마을의 옛날 맛과 요즘 맛이 어우러졌습니다.

마을에서 배우는 아이들

음료 나눔을 한 두친(두동친구들=두동초사회적협동조합 학생조합원) 어린이들은 오는 사람마다 가서 준비한 메뉴를 친절하게 설명하고 정성껏 만들었습니다. 두친이 하는 일은 '번개매점 운영', '두동 굿즈 만들기'가 있는데 '두동 발전'도 있다고 당당하게 말하는 아이들입니다.

10시부터 행사 시작이라 미리 와서 준비를 합니다. 코코아 팀과 복숭아티 팀으로 나누고 나머지 한 명은 도우미로 설거지와 필요한 물품 준비를 합니다.

"얘들아, 너희들 음료 만드는 거 배우고 시간이 좀 지났는데 잊어버렸을 수 있잖아. 지금 한 잔씩 만들어서 맛보자."

"우리가 먹어도 돼요?"

"그럼! 오늘은 파는 게 목적이 아니고 나누는 게 목적이니까 우리도 먹자."

"와! 신난다."

아이들이 배운 솜씨를 마음껏 발휘할 수 있게 된 것은 마을 어른들의 도움 덕분입니다. 책방 카페 '바이허니'에서 필요한 모든 재료―코코아 분말, 복숭아 티 분말, 우유, 굵은 빨대, 얼음이 가득 담긴 큰 통, 도돌이컵(다회용컵)―를 준비해 주서서 한꺼번에 구입할 수 있었고, 옻밭마을에 사시는 다도·예절 선생님께는 커다란 보온병을 빌렸습니다. 물론 아이들이 만든 음료를 마신 어른들은 맛있다며 아낌없는 칭찬도 한몫했습니다. 마을회관 1층 경로당에 계신 할머니들께 음식을 갖다 드리며 인사도 했는데, 본동댁 할머니는 두동초등학교 졸업생이라 60살이 넘게 차이 나는 까마득한 선배와 후배의 만남이었습니다.

마을회관은 갤러리

비조마을공동체 '만화공감' 대표님은 오래전부터 두동주민자치센터 서예반에 다니며 붓글씨를 쓰십니다. 가훈을 써서 나눔을 하면 집에 걸어 두고 뜻을 새길 수 있으니 좋겠다는 아이디어를 내셨어요.

그 자리에서 주문 받아서 쓰자.

가훈이 있는 집도 있고 없는 집도 있는데 금방 생각하기는 어려우니 예시를 몇 개 써 두자.

종이 그대로 가져가면 아무래도 함부로 할 수 있으니 액자에 담아서 주자.

액자를 많이 사기에는 예산이 부족하니 족자에 쓰자.

족자도 예산에 한정이 있으니 20개를 쓰자.

서예반 회원 여러 명에게 부탁을 해서 쓰자.

족자에 쓰기가 어려우니 서예반 선생님께 부탁을 하자.

글자 몇 자 쓰는 게 뭐가 힘들까 하는 생각이 들지만 서예는 쓰면 쓸수록 어려워지고 좋은 글씨를 보는 눈이 생겨 함부로 나누지 않게 되고, 글씨와 글씨를 돋보이게 하는 액자나 족자에도 신경을 쓰게 된다고 합니다. 한글과 한문으로 좋은 글귀를 뽑고 날려 쓴 한문 글씨와 그림 같은 한문 글씨를 써서 작품을 주신 서예반 선생님께 감사드립니다.

가훈 족자를 걸어 두자 마을회관은 갤러리로 분위기가 바뀌었습니다. 붓글씨를 써 보며 체험할 수 있어서 몇십 년 만에 붓을 들어보았다며 즐거워하신 분도 있었고, 아이들도 붓을 잡는 법부터 배워서 좋아하는 글귀를 아!주! 진지하게 썼습니다. '방탄소년단 황금 막내 전정국'이라든가 '혁명을 노래하다. We are Revolution Heart' 이런 거요.

아름다운 자리

햇살 좋은 가을, 타작을 앞둔 논은 노랗게 물들었고 단풍이 들기 시작한 그림 같은 산을 동쪽, 서쪽으로 난 창문으로 볼 수 있는 비조마을회관에 집 마당과 온 동네 길을 헤매며 예쁜 꽃을 꺾어 꽃다발을 들고 온 이웃동네 새댁과 막걸리 한 짝 사달라는 부탁에 두 말 않고(그러니까 한 말은 했다는 말^^ '아니! 내가 우리 마을 행사보다 비조에 더 자주 가'라고) 막걸리+소주를 섞어 사오는 센스쟁이 '어쩌다 이웃'이 아름다운 자리를 만들어 주었습니다.

꽃과 술이 있으니 루미의 시가 생각납니다.

오라
봄의 정원으로 오라
이곳에 꽃과 술과 촛불이 있으니
당신이 오지 않는다면
이것들이 무슨 의미가 있는가?

그리고 당신이 온다면
이것들이 또한 무슨 의미가 있는가?

비조마을주민과 두동면 이웃 마을 분들, 두친(두동친구들=두동초사회적 협동조합 학생조합원), 울주군 온산면 마을공동체 '희망라이프', 울주군청 일자리 정책과 마을공동체 담당 서주무관, 마을공동체 담당 중간지원 조직 '웨일웨이브협동조합'과 함께 모두가 즐긴 시간이었습니다.

제3부

아이도 어른도 함께 배우고 자란다

아이들의 그림은 늘 놀랍습니다.
그때의 기분을 고스란히 느낄 수 있습니다.
햇살이 좋았지요. 친구가 와서 좋았고,
썰매가 튼튼하니 예뻤고, 모두가 모인 풍경을
위에서 드론으로 찍듯이 그린 그림도 있습니다.
얼음이 꽁꽁 얼었으니 날씨는 추웠습니다.
그래도 안 추웠어요.
왜 그런지
추운 날 신나게 놀아 본 사람들은 다 알죠.

마을에서 노는
아이들

목적 없이 나서는 산책

　이전리 애지골에 사는 지우 친구가 놀러 왔습니다. 아이들과 산책을 하러 갑니다. 대문을 나서면 세 갈래 길. 아이들이 왼쪽으로 가자고 합니다. 부지런한 농부가 있는 논은 벌써 일구어져 있고 새들에게 먹이를 주고 싶은 마음씨 좋은 농부의 논에는 아직 벼 밑동과 볏짚이 보입니다. 고라니가 들어가지 말라고 그물을 쳐 놓은 밭에는 그물 아래로 비닐이 떨어져 있습니다. 밭에 멀칭 해 둔 까만 비닐이 찢어진 것과 포장지 비닐들입니다. 쓰레기 줍고 싶다고 아이들이 말합니다. 오늘은 쓰레기 봉투가 없으니 다음에 가지고 와서 줍기로 하고 걸어갑니다.

　지난여름 물놀이를 하던 개울이 나옵니다. 얼음이 얼어 있습니다. 개울을 거슬러 길 따라 갑니다. 물이 꽁꽁 언 곳이 있어 개울로 내려가 얼음 위를 걸어 보고 살얼음이 낀 곳에서는 개울가 흙 위 마른풀을 디디며 갑니다. 하얀 얼음, 투명 얼음, 마블링 얼음, 눈 같은 얼음, 나뭇잎이 갇힌 얼음을 보고 손으로 만져 봅니다. 장갑을 끼고 나왔는데 어느새 장갑을 벗고 맨손으로 만집니다.

　"정말 눈 같아. 이건 도끼같이 생겼다. 차가워."

하며 어깨를 들썩이며 눈을 찡긋합니다. 나는 주머니에 손을 꼭 넣은 채 얼음을 만져볼 생각도 않고 아이들이 노는 모습만 흐뭇하게 봅니다.

당산나무는 노가수 아님

개울을 거슬러 올라가다 보니 당산나무가 있는 곳까지 왔습니다. 새해가 되고는 처음 왔네요. 아이들과 당산나무 아래 나란히 서서 두 손 모아 인사를 했습니다. 아이들은,

"안녕하세요. 재미있게 놀게 해 주셔서 감사합니다."

하고 소리 내어 인사를 합니다.

"저기 왜 노가수라고 쓰여 있어요?"

　"응? 아! 노거수. '노'는 노인 할 때 '노' 자라서 오래되고 늙었다는 뜻이야. '거'는 거대하다 할 때 '거' 자로 크다는 뜻이고, '수'는 나무야. 그럼 노거수는?"

　"오래되고 늙고 큰 나무? 아! 늙은 나무구나. 노가수가 아니네."

쓰레기 원정대

　이틀 뒤 똑같은 길을 산책하러 갔습니다. 아이들은 집게를 하나씩 들고 딸깍딸깍 소리를 냅니다. 나는 20리터짜리 쓰레기 봉투를 들고 갑니다. 납작해진 캔, 찌그러진 페트병, 스티로폼 조각, 비닐을

주워 담습니다. 논둑에 떨어져 있는 하얀 비닐을 주워 비닐 쓰레기
는 따로 담습니다. 폐비닐 수거하는 곳이 마을에 있습니다.─농사
철이 끝나면 멀칭을 했던 비닐들이 바람에 날려가고 제대로 버려
지지도 않으니 흙이 묻었든 찢어졌든 비닐은 다 모아 두면 수거해
가는 곳이 생겼습니다.

　개울에는 농약인지 제초제인지 플라스틱 병이 버려져 있습니다.
위험할 수 있어 아이들은 못 줍게 했습니다. 어른들이 한번 모여 청
소를 해야겠어요. 당산나무에 가기 전에 쓰레기 봉투가 가득합니
다.

놀이터는 선물

날이 좀 풀렸지만 당산나무 앞개울은 해가 많이 들지 않아 얼음
이 거의 안 녹았습니다. 지난번보다 조금 더 위로 개울을 따라갑니
다. 나무가 기울어져 있어 아지트 같은 곳도 있고 작은 웅덩이도 있
습니다. 투명하게 언 얼음 밑으로 작은 물고기가 헤엄치는 모습도
보입니다.

얼음 위에서 실컷 놀고 집에 가려고 당산나무 옆 언덕으로 올라
갑니다. 작은 숲이 있습니다. 큰 나무가 쓰러져 있어 아이들이 올라
가 놀았습니다. 작은 나무들이 많고 바닥에 낙엽이 많이 쌓여 있고
부러진 나뭇가지들도 있었지만 땅은 평평합니다. 요즘 트렌드라는
'모험놀이터'로 손색이 없습니다.

"여기에 나무 의자랑 테이블이 있으면 좋겠어요. 나뭇가지를 주
워 놓고 던지기 하며 놀고 싶어요. 나무 그네가 있으면 좋겠어요.
나무를 올라갔다 내려갔다 무한반복 놀이터면 좋겠어요."

아이들은 저마다 놀고 싶은 것을 말하고 집에 와서는 놀이터 디
자인을 했습니다. 물론 당산나무에게 인사는 잊지 않았답니다.

"놀이터를 발견하게 해 주셔서 감사합니다."

그저 마을을 산책했는데 아이들이 쓰레기를 줍자고 했지요. 재
미있게 놀았다고 당산나무에 인사를 했는데 놀이터를 발견했습니
다. 잘 노는 아이들에게 주는 선물인 것 같습니다.

온 마을이
아이를 키웁니다

썰매 만들기 대작전

새해 첫 날입니다. 찬바람이 쌩쌩 불던 추위가 조금 누그러졌습니다. 썰매를 손에 든 아이들과 당산나무 아래 논으로 갑니다. 비조마을 논 아이스링크장입니다.

"논에 물 대 놨거든. 멋지게 얼었더라. 애들 누구든지 와서 놀아라(놀라고) 해라."

지난해가 끝나갈 무렵 마을 어르신께 전화가 왔습니다. 당산나무 아래 논에 물을 대 놨는데 얼면 아이들 데리고 가서 썰매 타고 놀라고 하셨습니다. 며칠 뒤 아침 일찍 다시 전화가 와서 "오늘 아침에 가 보니 멋지게 얼었던데 가서 놀면 되겠더라" 하셨습니다.

예전 같으면 12월 20일쯤엔 겨울방학을 했지만 이번에는 1월에 하게 되었습니다. (대신 2월까지 방학) 학교 수업과 방과후학교 수업을 마치면 4시 30분. 곧 해가 지니 밖에서 놀 시간이 없어 못 가 봤는데 1월 1일이 되어서야 갔습니다. 썰매가 없었다는 핑계도 있습니다.

"썰매는 키트를 사자.", "아니다. 목재상에 가서 나무를 사자.",

"목재상 갈 거 뭐 있나? '어쩌다 이웃'*이 건축하는데 나무 없겠나, 그리로 가자. 스케이트 날은 철물점에 가서 앵글을 사면 된다….”

아빠들은 의논을 하고 썰매를 만들러 애지골로 갔습니다. 손재주가 좋은 아빠가 나무를 자르고 전동 드릴로 나사못을 박고 있을 때였다고 합니다. 지나가던 근처 농막 아저씨가 아빠들이 모여서 썰매 만드는 걸 보며 코치를 하다가 결국,

"에헤이! 뭐가 그래 어설프노? 나와 보소. 나무를 착착 붙여가 안 움직이게 해가 고정을 해야 될 꺼 아이가. 요래! 날은 뭐를 쓸라 하는데? 철사로 감는다고? 그래가 얼음에서 나가겠나? 내 농막에 앵글 있으이 가꼬 오께요. 앵글 자를 끼 없네. 것도 갖고 와야 되겠네.”

하며 가을걷이가 끝나고 한참 만에 농막에 오신 아저씨가 소싯적에 썰매 만들어 타 본 솜씨로 척척 만들어 주셨답니다. 알고 보니 아빠들은 어릴 때 동네 형들이 만들어 준 썰매만 타 봤다더군요.

보기에도 튼튼한 썰매와 얼음을 지칠 스틱을 가지고 논 아이스 링크장 앞에 선 아이들은

"우와! 넓다!!”

---

* '어쩌다 이웃'은 건축사무소 d.o.m.a.의 두동면 이전리 주택 세 동의 프로젝트입니다. 귀촌한 건축가 부부가 본인의 집과 우연히 만난 이웃의 집을 짓고 마을을 이루며 살아갑니다. 사무실 겸 카페 '어쩌다 살롱'은 마을 모임, 마을 학교 교실, 공유 오피스, 마을 주민의 사랑방으로 이용됩니다. EBS '건축탐구, 집'이라는 프로그램에 소개되었습니다. 저도 잠깐 출연했어요.

하며 탄성을 질렀습니다. 나무에 가려 그늘진 곳은 얼음이 꽁꽁 얼었고 햇빛을 많이 받는 곳은 살짝 녹았습니다. 그래도 논이어서 물이 깊지 않아 위험하지 않습니다.

썰매를 탈 때 다리는 어떻게 해야 할지 잠깐 논쟁이 있었지만 각자 편한 대로 책상다리, 꿇어앉은 다리, 쪼그려 앉은 다리, 쭉 뻗은 다리로 탑니다. 쭉 뻗은 다리는 앞에서 다른 사람이 밧줄을 끌어줘야 합니다.

추운데 안 추워^^

썰매 타고 신나게 놀고 아이들은 집에 와서 게임을 하고 놉니다. 저는 아이들 그림을 좋아해서 가끔, 아니 자주 아이들에게 그림을 그리라고 합니다. 처음에는 "왜요?"라고 물었지만, 요즘은 단박에 "네!" 하며 슥슥 그립니다. 어차피 그릴 거 빨리 해야 게임할 시간이 늘어난다는 걸 알아 버린 거죠.

아이들의 그림은 늘 놀랍습니다. 그때의 기분을 고스란히 느낄 수 있습니다. 햇살이 좋았지요. 친구가 와서 좋았고, 썰매가 튼튼하니 예뻤고, 모두가 모인 풍경을 위에서 드론으로 찍듯이 그린 그림도 있습니다. 얼음이 꽁꽁 얼었으니 날씨는 추웠습니다. 그래도 안 추웠어요. 왜 그런지 추운 날 신나게 놀아 본 사람들은 다 알죠.

온 마을이 아이를 키운다

일부러 논에 물을 대 주신 마을 어른이 있었고, 썰매 기술자 농막 아저씨는 마침 그때 지나가다 그냥 지나가지 않았고, 어쩌다 이웃엔 썰매 만들기 좋은 나무가 있었지요. 아이들은 마을 사람들의 관심과 정성으로 신나게 새해를 맞았습니다.

새해 첫 날 아이들에게 썰매를 만들어 주신 이전리 애지골 농막 아저씨가 설을 앞두고 갑작스런 사고로 돌아가셨습니다. 아이들은 튼튼한 썰매로 논 아이스링크장을 지치며 덕분에 신나게 놀았는데 너무 안타깝습니다. 삼가 고인의 명복을 빕니다.

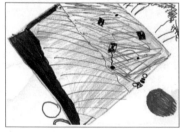

마을 작가는
마을을 걷는다

오늘은 원고 마감하는 날

만화리 비조마을에 사는 지우와 이전리 애지골에 사는 자매 시언, 시경이는 생명평화결사* 소식지인 『등불』에 마을 이야기 그림을 연재하고 있는 작가입니다. 네 번 연재했으니 1년 된 작가지요. 어린이 마을작가 세 분을 모시고 작업하는 날은 어김없이 원고마감일입니다.

순조로운 작업을 기원하며 김밥과 떡볶이로 환심을 삽니다. 작가님들은 배가 고프면 절대로 책상 앞으로 가지 않아요. 그래서 식탁에서 먹고 얼른 치우면 바로 책상이 되게 배려를 합니다. 작가님들은 배가 부르니 딴 이야기만 합니다. BTS 앨범을 자꾸 사는 이유는 마음에 드는 포토카드가 앨범에 안 들어 있기 때문이랍니다. 예쁜 사진은 앨범에만 있는데 고를 수 없고 무작위입니다. 덕분에 나는 BTS CD를 하나 받았어요. 노래는 똑같은데 안에 든 사진은 다

---

* 생명평화결사는 생명평화를 가꾸고 실천하고자 결의한 개인들의 연대입니다. 생태적지혜연구소 웹진에 연재된 류하 님의 글을 연결합니다. https://ecosophialab.com/생명평화운동-①생명평화결사의-태동과-생명평화/

르다는군요.

오늘은 원고 마감하는 날이니 마음이 급해져 작가님들께 생각이 안 나면 산책이라도 가자고 슬쩍 말해 봅니다. '산책!'이란 말에 벌떡 일어나 단숨에 현관으로 가서 신발을 신고 나갑니다.

가을인데 여름이에요

낟알이 익어 가는 논을 지나갑니다. 작가님들은 눈에 보이는 대로 재잘재잘 이야기합니다.

어? 이 논에는 풀도 많아.
농부가 안 오나 봐.
아니야. 유기농 논이다!
여기 작은 구멍 있다. 무서워!
저기 농부 아저씨가 논에 빠져서 일하고 있어.
조금 있으면 황금 들녘이 되겠어.
단풍 든 나뭇잎이 많이 떨어졌어.
가을인데 왜 덥지? 우리 다 반팔 입고 있잖아.

작업은 대충 열심히

　빨갛게 노란 낙엽과 쑥부쟁이꽃을 책상(겸 식탁)에 올려놓고 작가
님들은 작업을 시작합니다.

　두동벚꽃길에 가을바람이 솔솔 붑니다.
　벚꽃나무는 옷을 갈아입어요.
　농부 아저씨가 논에 빠진 것처럼 풀을 뽑고 있어요.
　이제 곧 황금 들녘이 됩니다.
　아이들이 가을 길을 걸어갑니다.
　― 김시경 (2022.9.20.)

　아이들의 마음은 발에 있습니다. 마을을 걸으며 마음으로 마을
을 봅니다. 아이들은 가을 길을 걸어가며 가을이 되고 마을이 되었
습니다.

마을 달력
만들기

2022 두동마을 12달 달력

비조마을 만화공감 x 두동초 5학년

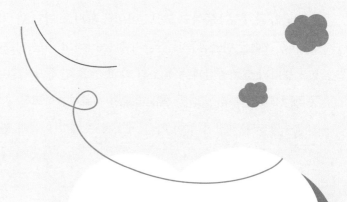

학교-마을 연계 수업

지난가을 두동초등학교 5학년 아이들과 마을 달력 만들기를 했습니다. 울주군 마을공동체 만들기 활동을 하고 있는 비조마을 주민커뮤니티 만화공감과 두동초의 학교-마을 연계 수업입니다. 두동초는 2019년부터 울산형 혁신학교인 서로나눔학교를 운영해 계절집중형 교육과정이 있어 가을 계절학교 때 아이들과 만났습니다.

마을 자체가 곧 나

첫 번째 시간에는 먼저 비조마을과 두동의 사진을 보여 주며 아이들과 마을 이야기를 나누고 달력을 만들기 위해 디자인에 대해 알아보았습니다. 두 번째 시간에는 봄·여름·가을·겨울 중에서 그리고 싶은 계절과 마을 풍경을 골라 그림을 그렸습니다. 달력이 다 만들어지고 평가회를 할 때 달력을 들여다보며 그림부터 보고 내 생일은 언제인지 공휴일은 언제인지 찾아보더니

"달력에서 빛이 나요."

"완벽해요."

"내가 그린 그림이 진짜로 달력이 되니 신기해요."

"작가 소개도 들어가 있어서 좋아요."

"친구들이 마을을 잘 표현했어요."

라며 기뻐했습니다.

마을 교사는 세 명이 각각 마을 이야기, 디자인 이야기, 그림 그리기를 담당했습니다. 그림을 담당한 강아라 님의 후기를 같이 읽어 봐 주세요. 마을이 아이들은 물론 어른에게도 어떻게 다가오는지 보인답니다.

<마을 달력 만들기 프로젝트>
— 마을 교사 강아라

달력 프로젝트 수업을 기획하기 전 아이들이 두동이라는 마을에 대해 어떻게 생각하는지와 시골에 사는 것이 어떤 의미인지, 그로 인해 어떤 영향을 받았는지가 궁금했다. 기왕이면 두동을 사랑하는 아이들의 마음을 듬뿍 담아 한눈에 그 마음이 달력에 표현되기를 바라며 수업을 기획하였다. 또 아이들의 느낌과 순수함이 어른들의 생각으로 아이들의 그림에 막힘이 되지 않도록 기획하고 싶었다.

막상 수업에 들어가 보니 아이들에게 마을이란 자연스러운 공존 공간이었다. '마을 행사 그림을 넣고 싶다', '마을에서 노는 아이들을 표현하고 싶다' 라는 표현 속에서 마을이 곧 나라고 생각하는 듯한 인상을 받았다. 충분한 마을 사랑이 느껴졌고 자신의 생각과 느낌으로 표현하도록 재료별 간단한 기법만 제시해 주었다.

자유롭고 창의적인 아이들은 내가 제시한 어떤 방법에도 틀에 박힌 방법을 사용하지 않고 자신만의 방식으로 표현하였다. 밤하

늘에 눈을 표현한 작업을 시연해 주자 흩날리는 벚꽃으로 표현하였고, 크레파스로 색을 섞어 시연하자 남색과 회색을 섞어 두동의 밤하늘을 표현하였다. 각자가 생각하는 두동을 아름답게 소중하게 담아내는 모습 속에 이곳을 어떻게 생각하는지 어떤 영향을 받았는지 충분한 답을 들은 듯했다.

수업을 끝내고 나자 내가 두동에 들어오면서 마음에 새긴 아프리카 속담이 떠올랐다. '한 아이를 키우려면 온 마을이 필요하다'라는 속담에서 '나는 마을의 일원으로 우리 아이에게 무엇을 하고 있는가'라는 질문을 늘 품었었다. 이번 프로젝트를 통해 두동에서 보낸 유년 시절 한 부분을 함께한 마을 어른이 되었다는 생각이 들었다.

함께 공유할 수 있는 마을의 주민으로서 교사와 학생으로 만나고 동네 어른과 아이로 만나 마을을 공유하고 사랑하는 작업이 다양하게 이루어질 수 있으면 좋겠다고 생각했다. 마을과 학교의 협업 덕분에 우리 아이들 감정의 뿌리에 양분을 준 프로젝트가 될 수 있었던 것 같다.

우리가 함께한 시간

   예쁜 마을 달력을 보며 아이들이 비조마을에 놀러왔던 때를 떠올려 봅니다. 비조마을 어린이 지우가 2017년 초등학교에 입학하면서 친구들이 오기 시작했습니다. 코로나19로 학교에 못 갈 때 비조마을회관에 몇몇이 모여 같이 온라인 수업을 듣고 숙제를 하고 마을 산책을 했습니다. 그 시간들이 마을 달력에 담겼습니다.

   추신. 두동초 5학년은 전원이 12명이어서 한 명이 한 달을 맡아서 달력을 그렸습니다. 다음에는 12명이 아니면 어떻게 해야 할지 아이들에게 물어봤습니다. 계절별로 모둠을 만들어 그리면 된다고 했습니다. '그런 방법이 있구나!' 하고 감탄했습니다.

마을 학교
꿈꾸기

마을은 삶터인데…

　행정기관 홈페이지에 올라와 있는 인구수를 살펴봤습니다. 2023년 1월 기준 칠조마을 509명, 율림마을 210명이니 만화리는 719명입니다. 두동면은 4,294명, 2023년 5월 기준 울주군은 221,669명, 울산시는 1,106,446명입니다. 만화리의 인구수를 비율로 보면 두동면의 16.7%, 울주군의 0.3%, 울산시의 0.06%입니다.

　두동면의 유일한 학교 두동초등학교에는 1학년부터 6학년까지 80명, 병설유치원에 12명이 다녀 모두 92명의 아이들이 있습니다. 두동에 살고 있는 중학생과 고등학생은 30명 정도이니 두동에 사는 '아이들'은 120명 남짓합니다. 두동면 인구의 3%, 울주군 인구의 0.05%, 울산시의 0.01%가 됩니다. 울산 사람 만 명 중 한 명이니 말 그대로 만에 하나가 두동 아이입니다.

　대한민국 인구수는 51,558,034명, 수도권 26,009,571명. 수도권에 50.4%의 사람이 살고 있다는 숫자를 들여다보고 있으니 지방소멸이라는 말이 실감됩니다. 인구가 많은 지역은 더 많아지고 적은 지역은 더 적어집니다. '현재의 통계가 이런데 지속가능한 지역은 가능할까? 지속가능한 지역이란 뭘까? 어떻게 해야 될까?' 하는 생각이 잇달아 일어납니다.

비조마을에 살며 우연히 마을공동체 활동을 하게 되고, 아이를 키우니 자연히 학교와 이어져 마을교육공동체 활동이 되고, 이제는 아이도 어른도 함께 배우고 자라는 마을 학교를 꿈꾸며 고민이 많아집니다.

마을은 그냥 배움터

2015년부터 두동초등학교 병설 유치원에 다닌 지우는 매일 아침 밤만디에서 학교 버스를 기다립니다. 밤만디에 올라가면 어김없이 아침 산책을 나오신 밤 할아버지가 계십니다. 만날 때마다 주머니에서 밤을 꺼내 주셔서 밤 할아버지라고 불렀습니다. 5월 어느 날엔 지우를 데리고 집으로 가시더니 딸기를 주셨습니다. 늘 오가며 인사를 하고 맛있는 거 있으면 챙겨 주는 마을 어르신입니다. 그러다 학교 갈 때 밤 할아버지가 안 보입니다.

"밤 할아버지 요즘 왜 안 나오셔?"

하고 지우가 묻습니다. 몸이 편찮으셔서 시내 병원에 입원하셨다고 얘기해 줍니다. 얼마 뒤 밤 할아버지는 돌아가셨지만 아직도 지우는 밤반디에서 밤을 건네주시던 밤 할아버지를 기억하고 있습니다.

집을 나서서 학교 가는 길에 또 자주 만나는 본동댁 할머니는 깨

밭에서 일을 하시니 인사를 합니다. 집에 오는 길에도 깨밭에 계시니 또 인사를 합니다.

"학교 갔다 오나? 볼 때마다 인사하네. 인사 잘 한다."

하고 칭찬을 해 주십니다. 1학년이 되던 해에는 축하한다고 용돈도 주셨습니다.

"내 니 보면 줄라고 내 여 댕깄다(늘 넣어 다녔다)."

마을에서 콩국수를 해 먹던 날은 밖에서 뛰어노느라 땀에 흠뻑 젖은 아이들도 할머니 옆에 앉아 같이 먹습니다. 마을 어른들은 아이들에게 관심을 가지고 이름을 불러 줍니다. 아이들은 할머니·할아버지의 이름은 몰라도 어떻게 불러야 할지 압니다.

마을을 그린다

비조마을 아이들과 마을 지도를 그리던 날입니다. 그 모습을 비조마을 소식지를 만드는 어린이 기자단이 취재를 해서 쓴 기사입니다.

- 누가: 혜원, 유진, 채원, 채은, 예진, 지우, 다현, 예지, 종혁
- 언제: 2017년 7월 2일
- 어디서: 비조마을
- 한 일: 비조마을 탐방 및 지도 그리기

유치원과 초등학생들이 모여서 마을 탐방을 한다.

처음에는 다들 신난 듯 빠르게 가는 아이들도 있었다.

몇몇 남자아이들은 빠르게 뛰어가고 여자아이들은 주변 모습을 보며 천천히 걸었다. 길 양옆으로 있는 나무들을 보기도 하고, 돌을 주워서 낙서를 하기도 하였다.

유치원 아이들과 초등학생들은 저마다의 방식으로 주변을 보며 걸었다.

아이들은 숲에서 신나는 게 많았는지 나뭇가지도 주워 놀고 돌도 주워 놀았다.

반쯤 가니 얼핏 땀을 흘리며 힘들어 하는 아이들도 있었지만 대부분은 아직 팔팔해 보였다.

걸어가며 나뭇가지를 주워 칼 등을 만들어 노는 아이들도 있었다.

길을 하나 건너서 다시 걷기 시작했다.

그 길로 가니 전에 걷던 길보다는 여러 가지 집들이 많이 보였다. 집들이라 그런지 주변에 키우는 꽃들이 많았는데 어떤 한 아이는 호박잎을 따서 모자로 쓰고 다니기도 하였다. 그렇게 걸으니 땀을 뻘뻘 흘리며 힘들어 하는 아이들도 있었다. 중간에 벌이 많은 길도 있었다. 그렇게 걷다 보니 회관에 도착했고, 회관에서 힘들지도 않은 듯 그림을 그리며 놀았다.

몇몇 아이들은 아주 힘들어 보이기도 했지만 대부분의 아이들은 재밌게 놀았다.

그리고 마을 지도를 그렸다.

아이들과 엄마들이 바닥에 둘러앉아서 다 같이 지도를 만들었다.

아이들은 신이 난 듯 자기만의 방식으로 예쁜 그림들을 그렸다.

그렇게 완성된 지도는 아이들의 정성이 담겨 있어 아주 예뻤다

아이들에게도 친구들과 함께 마을도 알아보며 산책을 하니 좋은 듯하였고 지도도 직접 그리니 뿌듯해 보였다

오늘 있던 행사는 아이들에게 잊을 수 없는 추억이 될 듯하다.

(취재 및 기사 작성 : 김종혁, 이수인, 임혜지, 장다현)

아이들은 엄마와 친구와 같이 마을을 걷고 놀면서도 작은 꽃과

날아가는 새도 놓치지 않고 지도에 그렸습니다.

두 달 뒤 어린이 기자단은 옻밭마을에 있는 박제상 유적지 치산서원의 지방문화재 관리인 안찬홍 님을 인터뷰하고 기사를 썼습니다. 안찬홍 님은 서원 대청마루에서 아이들에게 마을에 전해 내려오는 박제상 설화를 들려주며 치술령, 은을암, 비조마을에 대한 이야기를 해 주셨습니다. 이야기를 들은 한 아이는, 국사 시간에 배웠던 삼국사기, 삼국유사 속 충렬공 박제상은 굉장히 먼 이야기였는데 우리 마을 이야기라는 게 너무 신기하다고 했습니다.

그보다 더 신기한 일은 안찬홍 님이 아이들과 이야기를 나누던 중 학교 교가를 불러보라고 요청하셨을 때 일어났습니다. 아이들

이 교가를 부르자 같이 부르셨습니다. 여름 한낮, 서원은 고요하고 마룻바닥은 시원하고 아이들의 노랫소리는 맑고 가늘고 어른의 노랫소리는 낮아 모든 것이 어우러진 마법 같은 순간이었습니다.

서로 알고 서로 나누는 마을, 마을 학교

마을에서 보고 배우는 것이 삶으로 스며드는 것도 있지만 한 번의 이벤트로 끝나는 것도 있습니다. 아이들이 마을을 더 잘 알게 되고, 마을 어른들이 아이들에게 지혜를 나눠줄 수 있다면 학교에서

만 배우는 게 아니라 마을에서 배울 수 있는 마을 학교가 되지 않을까요? 그 마을 학교에서는 누구나 배우고 누구나 가르치면 좋겠습니다.

그래서 '두동마을학교'*라는 새로운 도전을 해봅니다. 어린이부터 어른까지 다양한 연령의 마을 사람이 함께 몸과 마음을 다스리는 태극권을 배웁니다. 그 만남을 계기로 꿈꾸는 마을 학교를 조금씩 자세히 그려갈 예정입니다.

결국 쓰고 보니 마을 사람들이 모여 무얼 하고 싶은지, 우리 마을에는 뭐가 있는지, 어떤 사람이 있는지 더 깊이 알아보는 게 마을 학교의 시작이군요.

---

* 두동마을학교는 울산인재평생교육진흥원(2023년부터는 재단법인 울산연구원), 울산군청의 '평생학습 마을학교' 지원사업입니다.

찐 계란과
삶은 고구마를 곁들인
마을 학교

"요거 누르셔야 와이파이 연결이 된 거예요."

"와~따! 난 모르겠다. 와이파이가 뭔동 모르겠네."

"와이파이는 휴대폰으로 이것저것 쓸 때 추가요금 안 내시는 거예요."

"내사 아~들(아이들)이 요금 내니까 그냥 할란다."

"와이파이 연결해야 요금이 더 안 나가는데? 자녀분 돈 더 내도 괜찮아요?"

"안 되지!!!"

"그럼 연결하셔야 돼요."

"그래 그래. 그라마 해야지. 꽃 누르고 요 글자 가서 파래지게 눌르라 했지?"

"네. 잘 하셨어요."

(설정의 톱니바퀴 모양을 꽃이라고 부르셨다. 다른 분은 국화빵이라고 하셨다.)

경로당 찾아가는 스마트 교실

비조마을회관에서 스마트 교실을 열었습니다. 스마트폰을 쓰지

만 전화만 해서, 사진도 보내고 싶고 카톡도 하고 싶은데 왕초보를 가르쳐 주는 곳은 잘 없어요. 자가용을 타면 10분 거리인 면 소재지 주민자치센터에 가려고 대중교통을 이용하면, 2시간에 한 번씩 오는 버스를 타고 다녀야 해서 1시간 배우기 위해 한나절을 보내기 일쑤입니다. 바쁜 농사철에는 결석도 하게 되니 배우러 갈 마음을 내기가 쉽지 않습니다.

휴대폰 전원을 끄고 켜는 것부터 시작해서 박사님은 친절하고 천천히 알려 주시고, 도우미로 온 청년들도 "어머니, 할머니" 하고 다정하게 부르며 반복해서 가르쳐 주셨습니다.

강사 소개를 하며 이박사 님은 율림마을 사신다고 하니 어르신들의 호감도는 급상승합니다. 지연은 중요해요.

대부분 70대 어르신들이라 아주 아주 기초부터 알려 달라고 하십니다. 천천히 조금씩 반복하면 된다고 박사님은 용기를 줍니다.

사랑해♡

한여름과 추석을 지나고, 늦더위가 물러가지 않은 10월 초에 다시 스마트 교실을 열었습니다. 연휴가 있어 이틀 연달아 네 번을 더 공부했지요.

와이파이 설정, 배경화면 사진 바꾸는 법, 문자 보내기, 사진 보내기까지 배우니 휴대폰에 커다랗게 '임영웅~' 하고 나오는 건 어떻게 하는지 물어보십니다. 전광판 앱을 깔고 글씨를 써 봅니다. '사랑해♡' 화면에 글씨가 흘러나옵니다.

"근데 이거 어디 쓰노?"

"밤에 콘서트 가서 손에 들고 흔들죠."

"요새 콘서트를 하나?"

우리끼리 밤만디 콘서트라도 해야 되나 잠깐 생각해 봅니다.

드디어 카톡 사용법을 배우고 '칠조 스마트폰 교실' 단체 채팅방도 만들었습니다. 맨 처음 보내는 톡은 '선생님 고맙습니다. 너무 감사합니다, 우리 재미있게 놀자'입니다. 요즘은 스마트폰 모르면 옛날 어른들이 한글 못 배워 못 읽는 사람들이 답답했던 거나 매한가지라며 '얼마나 답답했을지 그 심정을 알겠다' 하시고 '안 잊어버리게 자꾸 해 봐야지' 하십니다.

수업을 마치고 어르신들께 "안녕히 가세요" 하며 인사를 하고 방충망 문을 열어 드리고 계단을 내려가는 모습을 보았을 때입니다.

다리도 불편하시고 허리도 불편하셔서 계단 내려가는 게 쉽지 않습니다. 두 손으로 난간을 잡고 조심조심 천천히 내려가고 계십니다. 수업하는 곳이 1층 경로당이면 좋았을 텐데 2층에 빔프로젝터가 있어서 큰 화면을 보고 따라해야 하니 수고스럽더라도 2층에 오시라고 했는데 막상 보고 있으니 애가 쓰입니다.

마지막 수업 날 찐 계란과 삶은 고구마를 가지고 일찌감치 오셔서 건네주십니다. 여기에 사이다만 있으면 소풍이지요. 소풍 같고 사이다같이 시원한 배움의 시간이었길 바랍니다. 정해진 다섯 번의 수업을 마치고 소감을 나누는 자리에서 어르신들은 박사님과 도우미 청년들에게 '쉬는 날인데 멀리까지 와줘서 고맙다'는 인사를 하셨고 강사진은 '어르신들이 열심히 하시는 모습을 보며 오히려 배웠다'고 했습니다. 배울 수 있는 기회가 많아 언제든지 배울 수 있다고 가볍게 생각했는데 어르신들 모습을 보고 자신을 돌아보았다고 말입니다. 청년들은 봉사할 마음이 있다 하고 어르신들은 농한기에 배우고 싶다고 하셔서 우리는 가을걷이와 겨울맞이 준비를 마치고 다시 만나기로 했습니다.

계속 이어지는
공부가 즐거운
마을 학교

작은 시작, 나비효과

시작은 작았습니다. 마을 모임 온라인 회의 끝에 어떻게 지내는지 짧은 이야기를 하며 김○○ 님이 '요즘 도덕경을 읽고 있는데 좋아서 필사를 할 생각'이라고 했습니다. "같이 해요!"라며 몇 명이 모여 카톡방을 개설하고 필사한 것을 사진 찍어 올리기로 했습니다.

"자유로운 필사를 하는 것인 줄 알았는데 도덕경 원문을 필경하는 것이군요."

자유로운 필사를 하는 것인데 한문 원문과 한글 번역문을 같이 필사한 것을 본 새로운 참가자는 한문을 꼭 써야 하는 것으로 생각하고 부담스러워 카톡방을 나간 일이 있었습니다. 다시 취지를 전달하고 초대했습니다. 참가자가 늘어날 때마다 한 번씩 확인하는 취지는 다음과 같습니다.

"하루 한 장이든 일주일에 한 장이든, 한문이든 한글이든 마음대로, 한 글자든 한 구절이든 마음 가는 대로 각자 쓴 걸 공유하고 계

속 써 가도록 서로 응원하면 좋겠어요. 어떤 형식이어도 좋습니다. 교재를 따로 선정하지 않고 가지고 있는 도덕경 책이면 됩니다."

한자를 그리지 말고 쓰면 좋겠어요

필사한 사진을 공유하는 카톡방에는 사진뿐만 아니라 "글씨가 멋지다. 차분하다.", "아니다. 내 글씨는 글씨가 아니라 그림이다.", "ㅎㅎ그래도 모두모두 파이팅!"이라는 응원의 메시지까지 감상도 넘칩니다. 아는 글자와 모르는 글자들 속에서 헤매다 보니 한자를 알고 쓰고 싶다는 생각이 들었던 거죠.

부수로 한자를 가르치는 선생님을 초빙해 한자를 배웠습니다. 마침 여름방학이어서 초등학생, 중학생도 어른과 같이 공부할 수 있었습니다. 부수 카드를 만들어 부수의 이름을 익힙니다. 한자사전(옥편, 자전)을 보며 처음 나오는 부수부터 글자를 살펴봅니다. 한 일(一)입니다. 일곱 칠(七), 석 삼(三), 윗 상(上), 아래 하(下), 아니 불(不)…. 그중에서 마음에 드는 글자를 몇 개 골라 열 번씩 세로로 연달아 씁니다. 아이들은 "이거 나 아는 글자야" 하며 반가워서 쓰고, 어른들은 "이 글자 부수가 이거였구나" 하며 새롭게 알게 된 사실에 신기해 하며 씁니다. 그러다 보니 시간이 조금만 지나도 모두 진도가 다릅니다. 배움에는 자기의 속도가 가장 알맞은 속도입니다.

글씨를 잘 쓰고 싶다

한자를 '그리지' 않고 '쓰는' 법을 익혀 가던 어느 날 카톡방에서 글씨 자체를 잘 쓰고 싶다는 이야기가 나왔습니다. 그럼 글씨를 써 볼까요? 주민자치센터에서 강의 중인 서예가를 모시고 한글 서예를 배워 봅니다. ㄱㄴㄷ… ㅏㅑㅓㅕ… 당연히 알고 있는 한글인데 붓글씨를 써 보니 새롭습니다. 한 획 한 획 정성 들여 쓰면서 보니 한글이 아름답고 신비롭다고 참가소감을 말씀해 주셨습니다.

황홀한 도덕경

노자 21장에 '황하고도 홀하다'는 말이 나오는데 이 '황, 홀'에 대해 황홀한 느낌은 있는데 잘 모르겠으니 선생님을 모시고 이야기를 나눠 보자는 제안이 있었습니다. 울산에는 오래전부터 노자·장자 공부 모임을 지도해 오신 장태원 선생님이 계세요. 2018년에는 『노자와 촌로』라는 책도 내셨답니다.

여름이 한창일 때 선생님을 모시고 이야기를 나눴습니다. 노자의 철학은 낮아지는 것, 어려지는 것, 부드러워지는 것, 다투지 않는 것이라고 하셨어요. 진리는 칼날 같은 곳에 순간적으로 존재한다고도 하셨어요. 아주 깊이 천착하지 않으면 내가 배운 것, 아는 것만 진리라고 생각하게 된다고 하셨어요. 진리는 항상 뚜렷하게

있지만 모를 뿐이라고 생각했는데 잠깐 멍했답니다. '저 사람들이 이상해요. 이게 맞는 건데 왜 그런지 모르겠어요.' 하는 생각을 하고 있었더랬죠. 정곡을 콕 찔렸습니다.

시인과 나누는 노자 이야기

가을이 되면서 노자 81장까지 필사를 마치고 한 명 두 명 두 번째 필사를 시작했습니다. 두 번째 읽어도 잘 모르겠지만 그래도 한 번은 다 읽었으니. 이즈음에 또 선생님을 모시고 이야기를 나눠 보고 싶었습니다. 이번에는 창원에서 '삶예술연구소'를 운영하며 동양고전을 비롯해 인문학 공부 모임을 하시는 김유철 시인을 모셨습니다. 시인은 노자를 어떻게 읽으셨을지 아주 궁금했거든요.

10월 20일 만났는데 시인이 노자를 읽던 중 '아하!' 했던 노자 20장을 소개해 주서서 화제가 되었습니다. 우연히 두 번째 필사를 하고 있는 한 참가자는 오늘 아침에 20장을 쓰고 왔다며 놀라워했고, 다른 참가자는 아침에 올려준 것을 읽고 왔다고 했고, 또 다른 참가자는 20장을 읽으며 울컥했다고 했습니다.

전문이 길어 옮기지는 않겠습니다. 궁금하신 분은 찾아 읽어보며 감흥이 있다면 필사를 해 보실 것을 권합니다.

"김유철 시인은 노자를 음악, 미술, 역사로 풀어서 한편의 대서사시로 와 닿게 해 주서서 이제 도덕경의 디귿(ㄷ) 정도는 알 것 같은

느낌이 든다"고 소감을 말해 준 참가자가 있었으니 공부하는 즐거움이 읽힙니다.

계속 이어지는 공부

도덕경 필사를 시작으로 공부를 했는데 필사를 다 마치고 도덕경 필사를 한 번 더 하고, 천자문을 쓰기도 하고 한시를 쓰기도 합니다. 게다가 2,000쪽이 넘는 책이 6권이나 되는 동의보감 쓰기를 시작합니다. 같이 시작하는 사람도 있고 엄두가 안 나는 사람은 아낌없이 응원합니다. 한편 마음에 드는 새 공책을 못 사서 도덕경 두 번째 필사를 시작하지 못하고 있는 저 같은 사람도 있지요. 다섯 명이 시작한 자유로운 필사반은 현재 13명이 되어 계속 공부를 이어 갑니다.

추신. 황홀한 도덕경 강의를 해 주신 장태원 선생님은 2023년 5월 19일 소천하셨습니다. 만화리로 이사한다고 말씀드렸을 때 용감하다고 격려해 주시고 이따금 마을에 오셔서 커피도 사 주시며 응원해 주셨습니다. 마을 이야기를 쓰는 것은 작은 것을 귀하게 여기는 일이라 하시며 늘 따뜻한 눈으로 봐 주셨습니다. 선생님과의 인연에 감사드립니다. 삼가 고인의 명복을 빕니다.

슬기로운
지구인 되기

- 기후 위기 공부하는 마을 동아리 '지구손수건'

모두가 각자의 역할을 하는 신기한 일

　기후 위기에 대해 공부하는 동아리 '지구손수건'은 12월 4일 '평생학습 어울림 한마당'에서 '슬기로운 지구인 되기'라는 제목으로 홍보 부스를 차렸습니다. 그동안 공부한 내용을 전시하고 천연 삼베 실 수세미 키트를 나누었습니다. 행사는 오전 10시 30분부터 오

후 4시까지였는데 저녁이 되면서 카톡방에선 사진을 공유하고 서로의 수고에 감사를 전하며 밤늦게까지 대화가 이어졌습니다. 행사에 참석했든 불참했든 모두가 하나씩 보탰음을 알게 되었습니다.

자료 정리, 보드판에 자료 붙이기, 손글씨로 꾸미기, 수세미 키트 만들기, 기후 위기 관련 책 가져오기, 기후·환경 관련 영화 소개하기, 사진 찍기, 쓰레기 치우기, 틈틈이 테이블 위 정리, 온열기 빌려주기, 맛있는 커피 제공, 행사장 준비와 뒷정리, 부스 지키기…. 이 외에도 작은 일들이 많았습니다.

지난 5월 공모에 지원할 때 두동에서 기후 위기에 대해 같이 공부할 사람을 모집했고 12명이 모였습니다. 우리가 공부한 것은 기후 위기였는데 정말로 공부한 것은 '나와 같은 마음'이었나 봅니다.

우리 아이들이 지구에서 계속 살 수 있을까요?

기후 위기에 대한 정보는 많고 접할수록 불안감은 커지는데 정작 내가 느끼는 것은 "예전보다 더워졌다.", "비올 때가 아닌데 온다.", "비 올 때인데 안 온다." 정도입니다. 우리 아이들이 어떤 세상에서 살아가게 될지 막연하게 생각하기보다 같이 공부하며 알아보고 싶은 사람들이 모여 지구의 눈물을 닦아주자는 의미를 담아 '지구 손수건'이라는 이름을 짓고 기후 위기에 대해 공부를 시작했습니다.

　『탄소자본주의』(신승철, 한살림)를 같이 읽을 책으로 정해 각자 읽고 카톡방에 필사한 것을 올려 함께 읽다가 7월에 만나 책 이야기를 나누었습니다. 원래 계획은 신승철 선생님이 비조마을에 강의하러 오시기로 했는데 '철학공방 별난'의 고양이 길동이가 링웜바이러스에 감염되어 강의를 가을로 미루었어요(한여름 더위에 고생하며 링웜바이러스를 이겨낸 길동이와 신승철 선생님 부부께 박수를 보냅니다).

　"육아서 공부한 이후 처음으로 공부한다."

　"어머니의 영향으로 환경에 관심이 있었고 시골로 이사하면서 자녀들도 생태 감수성을 가졌으면 한다."

"내 아이가 커서도 지구가 사람이 살 수 있는 환경일까 하는 불안감이 있다."

"지구는 우리 모두의 집이니 잘 돌보고 물려줘야 하는데, 나 하나라도 실천을 해야 될 시기이다. 뭐라도 해야겠다고 생각하고 내 삶과 밀착되며 주변 사람과 같이 할 수 있고 공동체에서 할 수 있는 것을 하고 싶다."

"시골에서 자랐는데 도시의 소비가 시골에 피해를 주는 게 이상하다."

"모든 활동에 탄소발자국을 남기고 있는가, 탄소 순환을 하고 있는가를 생각하게 된다."

"환경운동은 욕망을 줄이라는데, 모든 게 거품이라는 말도 있다. 식물도 씨앗은 많지만 발아되는 건 일부이다. 인간의 과시는 본능이니 죄악이 아니라 자연스러운 것이다. 관계를 통해 채워지면 물질에 대한 것은 줄어들 것이다."

"아이가 아토피여서 먹거리에 관심을 가지다 점점 환경 문제에 관심을 가지게 되었다. 이상한 사람, 예민한 사람이라는 눈길을 받는 한편, '남들은 왜 안 하지?'라는 분노가 생겼다. 내가 행동하지 못하는 것을 다른 사람에게 분노라는 감정으로 표출하는 상황이었다. 그러다 '내가 할 수 있는 것만 하자'고 생각하게 되었다."

"'옷을 위한 지구는 없다'라는 다큐를 보며 패스트 패션을 다시 보게 되었다. 저렴한 면 티, 청바지 같은 것을 만들고 염색한 물은 생명의 순환 역할을 하는 바다로 흘러간다. 생태는 자연정화를 한

다지만 요즘 상황을 보면 한계인 것 같다. 소비는 한국같이 잘 사는 나라가 하고 피해는 다른 나라가 더 많다.”

　“철학 있는 사람이 리더가 되고 개인의 실천도 중요하지만 기업의 책임도 강조되어야 한다.”

　“탄소를 적게 배출하는 것만 생각했는데 관계나 태도까지 총체적으로 인식하게 되었다.”

　“책을 읽으며 삶과 연결 지어 풀어낸 게 와 닿았다.”

　“책에는 중요한 내용이 너무 많았다. 일상에서 일어나는 일에 대한 해법이 많았다.”

　“책을 처음 받아들고는 두께에 ‘허걱!’ 했지만 전천후적 접근에 놀랐고 단편적으로 환경에 대해 이해한 게 정리된다.”

　책과 일상을 오가는 이야기를 나누고 신승철 선생님의 강의를 못 들은 대신 잠깐 영상통화를 했답니다. 짧은 시간이지만 인사를 나누며 진지한 이야기를 했는데 저는 괜스레 들떠서 무슨 이야기를 하였는지 기억이 안 나요. 회원들이 "철학박사님은 할아버지 선생님일 줄 알았는데 너무 젊어서 놀랐다"고 한 것만 기억나네요.

가을이 되어 비조마을에서 신승철 선생님의 강의가 있던 날은 그동안 선생님의 책들을 찾아보며 팬심을 키워 온 회원을 비롯해 기대했던 만큼 뜻깊고 따뜻했답니다. 모처럼 공부모임이 생겼으니 계속해서 공부하자는 이야기가 나오고 얼마 뒤 생태철학을 공부하는 1년 계획을 세웠습니다.

공부를 하다 보니 실천도 하게 됩니다

지난 8월 울산방송의 조민조 피디 님의 강연이 비조마을회관에서 열렸을 때는, 지역방송국에서 '필(必)환경 시대 지구수다'라는 교양 프로그램을 제작하면서 알게 된 환경 문제와 대안 활동을 이야기했습니다. 피디 님은 자원 순환 가게 '착해가지구'도 열었는데, 재활용할 수 있는 쓰레기를 모아 오는 분들을 보며 생각보다 많은 사람들이 각자의 영역에서 활동을 하고 있다는 것을 알게 되었다고 했습니다.

지구손수건도 개인은 어떤 실천을 하고 있는지 9월 모임에서 줌으로 이야기를 나누었습니다.

"비닐봉지 라벨을 제거하고 배출한다. 라벨이 잘 안 떼져 성격이 안 좋아질 뻔하다가 버물리를 발랐더니 지워져 재활용할 수 있었다."

"분리수거가 쉽지 않은데 내가 들인 공에 비해 재활용이 되는지 의문이다."

"개인적인 활동이 무슨 보탬이 되나 싶지만 실천을 하며 고민해야 된다고 생각한다."

"텀블러, 손수건, 바 형태 비누, 대나무 칫솔, 장바구니 쓰기…."

"온라인 쇼핑이나 저렴한 옷을 사기보다 돈이 들더라도 오래 입을 수 있는 옷 사기…:

"차를 타고 마트에 가는 것과 온라인 쇼핑 중 어느 것이 지구에 이로울까 고민된다."

"해양 생명 활동을 하는 사람들 중에 해양 생태계 파괴 때문에 물고기(물살이)를 안 먹는 사람이 있는 것을 알고 어디까지 먹어야 되나 고민이다."

"새벽 공원에서 주 1회 플로깅…."

"프린트를 안 하고 PDF 파일을 이용하도록 노력한다."

"가까운 거리는 걷기."

"중고 물품을 사서 쓰는데 잘 보이고 싶은 욕망과 지구를 생각하려는 의지가 충돌 중이다."

"하루 2시간 플로깅하면 가족 수만큼 나무심기를 하는 프로젝트에 참가하고 있다."

"폐 현수막으로 자루를 만들어 재활용 쓰레기를 담아 '착해가지구'에 가지고 갔다."

"온라인 쇼핑할 때 장바구니에 담아 놓고 생각해 보는 시간을 두면 소비 패턴이 바뀌고 가계에도 도움이 된다."

우리의 이야기는 개인의 실천은 작고 계속하기 어렵고 바뀌는 게 있는지 확신이 없어 힘이 빠져도 마을에서, 공동체에서 같이 할 수 있는 것을 하자는 것으로 모아졌습니다. 그날 나온 이야기 중 대나무 칫솔을 공동구매해 보기로 했어요. 20개를 주문해 다음부터 모임에서 만나는 사람들에게 나눴더니 "대나무 칫솔이 있는 건 알았지만 사 볼 생각은 못 했는데 고맙다"는 인사를 받았고, 설거지할 때는 미세플라스틱이 생기는 아크릴 수세미 말고 천연 삼베실 수세미를 쓰거나 수세미(식물)를 키우거나 시장에서 파는 걸 쓰면 더 좋다는 이야기도 들을 수 있었답니다.

지구손수건 홍보 부스에서는
천연 삼베실 수세미 뜨개 키트를 준비했습니다

천연 삼베실 수세미를 어디서 들었나 했더니 대나무 칫솔 덕분이었네요. 얼마 전 비조마을 뜨개 선수 본동댁 할머니와도 이 실로 수세미를 떴지요. 글 첫머리에 쓴 평생학습 동아리들이 모인 자리

에서는 각 동아리의 활동을 알리는 전시, 체험을 준비하는데 기후 위기에 대해 공부한 내용을 전시하고 체험으로 수세미를 뜨는 건 시간이 많이 걸리니 키트를 만들어 나눠 주기로 했어요. 샘플을 전시하고 각자 실천하고 있는 것을 포스트잇에 써서 보드 판에 붙이면 받아갈 수 있게 했더니 많은 분들이 참여해 주셨어요. 어떤 분은 받아가고 싶은데 뜨개질을 못 한다며 아쉬워했어요. 안타깝지만 못 받아 가셨을까요? 절대, 절대 아니죠.

"주변에 뜨개질할 줄 아는 사람한테 선물하셔도 돼요. 키트에 든 실로 2개는 뜰 수 있으니 하나 떠 달라고 하면 어떨까요?"

하고 권했더니 표정이 밝아지며 좋아하세요.

"아! 우리 엄마 뜨개질할 줄 아는데 떠 달라 해야겠다."

옆에 같이 온 친구는

"넌 또 엄마한테 일 시킬 생각이야?"

하고 핀잔을 주고 둘은 같이 웃었답니다. 저도 웃었으니 셋인가요.

알고 공유하고 행동하자는 이야기를 회원이 한 적이 있는데 공부하고 실천하는 것은 같이 하면 즐겁고 꾸준히 할 수 있겠다고 생각했습니다.

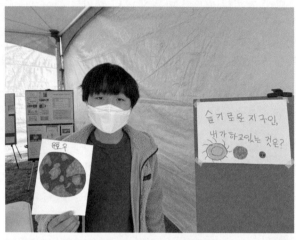

생각대로 되지 않더라도 괜찮고 오히려 괜찮다

여섯 살 의정이가 온다고 했습니다. 홍보 부스에서 심심할까 봐 그림 그릴 것을 챙겨 갔는데 뭘 그리는가 싶더니 어느 순간 안 보입니다. 지구손수건 회원인 엄마를 따라온 3학년 효우가 파란 바다와 초록 땅이 있는 지구를 그렸습니다. 부스에 구경 온 어린이는 지구를 지키기 위해 종이컵 × 텀블러 ○ 그림을 그렸습니다. 행사가 끝날 때쯤 온 어린이는 지구가 웃는 모습을 우주에서 본 그림을 그렸습니다. 의정이는 전래놀이 부스에서 제기 차는 데 가 버렸지만 의정이 덕분에 어린이의 그림을 세 장이나 받았어요. 때로는 생각했던 일이 생각대로 되지 않지만 그래도 괜찮고, 오히려 괜찮아요.

슬기로운 지구인 되기

홍보 부스 준비에 소소한 일들이 많은데, 모두가 각자 상황에 맞게 하고 서로의 모자란 부분을 채워준 것은 홍보 부스의 제목처럼 '슬기로운 지구인'의 모습이었습니다. 몇 달 동안 같이 기후 위기를 공부하며 고민하고, 대면/비대면(줌, 카톡방)으로 어떻게 실천할지 이야기하는 게 슬기로운 일이었습니다.

추신. 10월 24일에는 오민우 한밭레츠 대표님의 기후 화폐 줌 강의가 있었습니다. 지구손수건에서 마을에서 실천할 수 있는 것을 이야기하다보니 자연히 기후 화폐에 관심을 가지게 되었고 신승철 선생님이 연결해 주셨어요. 게다가 오민우 님은 만화리 일이라면 기꺼이 선물로 강의하겠다고 하셨어요. 회원들은 십시일반 얼마씩 내서 강의비를 드릴 생각을 했지만 선물을 받았으니 우리도 선물을 하자는 뜻에서 만화리 비조마을에서 난 단감을 보내 드렸답니다. 그때가 한창 단감을 따던 때였어요.

우연, 뜻하지 않게
저절로 생겨
묘하게 일어나는 일들

뭘 그려야 되나?

"엄마 밭에서 기르는 거 그리면 되겠네. 배추하고 뭐 많이 있잖아."

"그런 거 그려도 되나…?"

어르신은 그림 붓을 손에 잡고 노랑, 빨강, 파랑, 초록…, 여러 가지 색깔들의 물감 통을 바라보며 생각에 잠기셨습니다.

"기후 위기와 지구환경을 생각하는 마음을 캔버스에 아크릴 물감으로 표현해 주시면 돼요."

라는 말에, '기후 위기가 심각하긴 한데, 그렇게 거창한 걸 어떻게 그리지'하고 생각하셨다고 합니다. 옆에 앉은 따님은 "이런 거 진짜 해 보고 싶었다"며 신이 났습니다. 그림 그리는 건 어릴 때 하는 것, 잘 하는 사람이 하는 일이라고 생각해서 해 볼 기회가 없었다고 합니다. 두 분이 나란히 앉아 때로는 말없이, 때로는 말을 주고받으며 그리는 모습이 참 보기 좋았습니다.

"엄마 이거 배추가 아니고 시나나빠네. 유채꽃 피는 그거."

"배추 그릴라 했는데 이래 됐네."
"날 때 되니까 먹고 싶은갑네."
"내가 노란색을 좋아하니까 찍다 보이 그렇네."

어르신은 배추밭에 자라는 노란 유채꽃을 그리고, 내친김에 민들레까지 그리시며 우연히 예술 감성을 발견해 기뻐하시고, 그림 그리는 동아리 알아봐야겠다고 하십니다.

평생학습 동아리

2022 울주군 평생학습 체험대전이 열리는 범서생활체육공원의

기후 위기 공부하는 마을 동아리 '지구손수건' 부스입니다. 지난해에는 천연 삼베 수세미 뜨개질 키트를 만들어 나누고, 기후 위기 관련 도서 전시를 했고, 올해는 동아리에서 예술가와 같이 표현해 보는 수업이 계기가 되어 그림 그리는 체험을 준비했습니다.

'그림 못 그리는데 어떡하지'라는 생각을 했는데 아크릴 물감을 나이프로 큰 붓으로 캔버스에 슥슥 칠하니 추상화 같았습니다. 동그라미를 다 그리지 않고 파란 칠을 대충 하면 지구로 보인다는 설명을 들으니 쉽게 느껴집니다. 제목을 붙이자 그럴듯해지고 한 명씩 작품 설명을 하니 마을 예술가가 탄생하였습니다.

눈에 보이지 않는 마음을 표현해 본다

캔버스를 크기별로 골라 사고, 젯소 칠을 두 번 해서 준비하고…. 체험 부스를 운영하는 일은 원래 그렇듯 작은 일들이 많습니다. 기후 위기를 예술로 표현해 보는 게 당장 지구 환경에 영향을 끼치지는 않겠지요. 지구를 생각하는, 눈에 보이지 않는 마음을 표현해 보니 아름답고 깨끗한 지구의 모습들이었습니다. 혼자 꾸는 꿈은 상상이지만 같이 꾸는 꿈은 현실이 된다고 하니 우리가 표현한 마음들이 얼마나 아름다운지 알겠습니다.

아름답다 : 보이는 대상이나 음향, 목소리 따위가 균형과 조화

를 이루어 눈과 귀에 즐거움과 만족을 줄 만하다.(네이버 국어사전)

아름답다는 말을 사전에서 찾아보니 혼자서 느낄 수 있는 게 아니군요. 사람의 감정뿐만 아니라 그것을 표현한 예술, 예술을 같이 즐기는 사회까지 모두 사람 사이의 일입니다. 기후 위기 공부를 하는 마을 동아리 '지구손수건'의 회원들과 체험 부스 운영에 함께해준 두동초사회적협동조합 학생조합원 '두친(두동친구들)'의 즐거운 수고가 빛났습니다.

그렇게
들여다보는데
안 크고 베기겠어요!

다밀아이들*의 작은 텃밭은 정말 작은 텃밭입니다. 지름 1미터가 안 되는 패브릭 화분에 열무, 상추, 루꼴라가 자라고 있습니다. 며칠 전 두동작은집**에서 열무와 상추를 뜯어 커다란 양푼에 넣고는 비빔밥을 해 먹었답니다. 작년 가을에는 이 텃밭에서 난 루꼴라로 피자도 만들어 먹었지요. 피자 파티를 하던 날에는 음악회도 열어 멜로디언, 실로폰, 오카리나, 우쿨렐레를 연주하며 노래도 불렀답니다. 아이들과 같이 가꾸는 텃밭 이야기를 들려 드리겠습니다.

　시장에 갑니다

　다밀아이들의 텃밭 농사는 언양시장에 모종과 씨앗을 사러 가면서 시작됩니다. 무엇을 살지는 시장에 가 봐야 알 수 있습니다. 온

＊　'다밀아이들'은 울산교육청의 '색깔 있는 다양한 마을 학교' 지원 사업으로 두동초사회적협동조합에서 운영하고 있습니다. '다밀'은 두동초가 있는 대밀마을의 옛 이름으로 다밀(多密), 비밀이 많다는 뜻입니다. 지금은 두동초등학교 학생자치회 이름이기도 합니다.
＊＊　'두동작은집'은 두동초 학부모회 자치실 겸 두동초사회적협동조합의 사무실이고 아이들이 지어 준 이름입니다.

갓 작물이 풍성하게 자라는 커다란 밭을 상상했는데 막상 시장에 도착하니 푸릇푸릇한 모종보다는 알록달록한 꽃들이 눈에 들어옵니다. 식물 선생님(분명히 아이들에게 선생님 이름을 알려줬는데 식물 이야기 해 준다고 식물 선생님이라고 불러요)과 함께 한참을 꽃구경하고 못 먹는 꽃보다 먹을 수 있는 수박, 참외를 심고 싶어집니다.

아이들은 요즘 많이 심는 고추, 가지, 깻잎에는 관심이 없고 비빔밥, 샐러드, 샌드위치를 만들어 먹을 수 있는 것으로 고릅니다. 열무 씨앗, 상추 씨앗, 빨리 먹을 수 있게 상추 모종 세 개, 샐러드에 빠질 수 없으니 방울토마토 모종 노란 거 세 개, 빨간 거 세 개, 정말 조롱박을 만들 수 있을지 궁금하니 조롱박 세 개를 삽니다.

　꽃은 못 샀지만 학교 화단을 정리합니다. 수선화가 거의 져서 꽃이 말라 가고 있고, 민들레보다 작은 노란 꽃(고들빼기꽃)이 있고 아직 꽃이 안 핀 제비꽃이 있다고 식물 선생님이 알려주셨습니다. 꽃은 두고 쑥은 뽑기로 했어요. 아이들이 쑥떡 해 먹으면 된다고 했는데, 그 정도로 많지는 않았어요.

　"선생님, 뭐 뽑아요? 이거 뽑으면 돼요?"

　조금 전에 뽑아도 된다고 한 풀인데, 자리만 달라도 다른 풀처럼 보여 자꾸만 물어봅니다.

매일 물을 줍니다

   작년 가을 만들어 둔 깻묵거름을 흙에 섞어서인지 날씨가 따뜻해서인지 3일이 지나자 열무 싹이 텄습니다. 아이들이 매일 와서 들여다보며 물을 줍니다. 같이 심지는 않아도 같이 가꿉니다. 일주일이 지나자 떡잎이 소복이 났습니다. 학교 버스 운전사 선생님도 텃밭을 보며 도와주셨는데요, 벌써 싹이 났다는 기쁜 소식을 전하니,

   "이레(이렇게) 맨날 들다보고(들여다보고) 물 주는데 안 나고 배기겠어요!(버티겠어요) 나야지!!"

   하십니다.

3주가 지나니 모종을 심은 상추는 잎이 제법 커졌고 열무도 연한 잎이 되었습니다. 엄마들의 모임이 있던 날 점심으로 비빔밥을 해 먹었답니다. 보통은 식당에 가서 사 먹는데 밥, 계란, 고추장, 참기름을 나눠서 가져왔지요. 남은 밥은 오후에 아이들이 싹 해치웠어요. 학교 버스 출발 15분 전이었는데, 열무랑 상추 뜯어서 씻고 밥이랑 고추장 슥슥 비비고 숟가락 챙기는 일을 착착 나누어서 하더군요. 큰 양푼을 놓고 신나게 먹어 눈 깜짝할 사이에 없어졌어요.

작은 텃밭에는 열무가 더 있고 잎상추도 엄지손가락만큼 자랐고 루꼴라도 나고 있어서 다음 메뉴는 샐러드와 샌드위치라며 기대합니다.

처음부터 끝까지 함께하고 다음을 기대합니다

텃밭 체험을 할 때면 농부가 잘 가꾸어 놓은 밭에 가 상추를 뜯거나 감자를 캐고, 단감을 따는 수확을 했습니다. 수확의 기쁨은 아주 크고 신비로운 힘이 있었습니다. 그래서 우리도 작은 텃밭을 해볼까 하고 시작했는데 모종과 씨앗을 준비하는 것부터 시작해 텃밭과 거름을 만들고 매일 물 주며 가꾸는 수고를 하니 과거와 미래가 현재에 깃들어 있는 것이 느껴집니다. 이런 순간은 행복합니다.

마을 이야기와
배움을 나누는
학교협동조합

얼마 전 두동에는 '두동초사회적협동조합'이 창립(2021.9.9.)되었습니다. 학교와 마을을 잇는 활동을 하게 됩니다. 그동안 마을에서 아이들과 어른들이 놀며 배우며 나누었더니 자꾸자꾸 하고 싶은 게 생겼습니다.

수확의 기쁨은 너무나 크다

비조마을 산비탈에 단감 밭이 있습니다. 아이들은 단감 따기 체험을 하기 전에는 목장갑을 낍니다. 단감을 쥐고 한쪽으로 살짝 비틀면 톡 떨어집니다. 오른쪽 왼쪽으로 마구 비틀거나 세게 당기면 나무가 상처를 입을 수 있으니 조심해야 한다는 마을 할아버지의 설명을 들으며 키 작은 단감나무로 갑니다. 단감은 정말이지 '딱!' 가을색이지요.

하지 무렵엔 옻밭마을로 감자를 캐러 갑니다. 감자는 세 달 가까이 키우는데, 땅속에 줄기를 뻗어 자라면서 알이 맺히니 줄기를 잘 잡으라는 설명을 듣습니다. 포실포실한 흙을 파고 줄기를 힘껏 당겨보면 알알이 굵은 감자가 달려 나옵니다. 봉지에 담아 손에 들고

가면 꽤 무겁습니다. 그래도 집에 가져간다는 생각에 기분이 좋기만 합니다. 수확의 기쁨은 너무나 커서 힘든지도 모르고 일을 하게 됩니다.

마을 이야기와 배움을 즐겁게 나눈다

지나칠 때는 있는 줄도 몰랐던 바위가 책에서만 배운 '고인돌!!!'이었다니요. 게다가 신라 시대 박제상 이야기가 마을 이름에도 있다니. 처음 들어서 신기하다는 이야기들이 한 번의 체험으로 그치는 게 아니라 자신을 성장시키는 경험으로 남았으면 합니다.

마을에서 농사를 짓는 댁에 가서 체험을 할 때 '나도 두동초등학교 다녔어. ○○회 졸업생이니까 한참 됐다.'는 이야기를 종종 듣습니다. 마을 할아버지, 할머니가 농부이고, 마을 선생님이고, 학교 선배님입니다.

경험이 마을의 산과 들에서 이루어지고, 마을 사람과 함께하며 일상과 배움이 같이 있기를 바라는 마음이 두동초등학교에서 학교와 마을을 이어가는 사회적 협동조합이 되었습니다.

두동초사회적협동조합에서는 두동초등학교 방과후학교를 위탁 운영합니다. 교외의 작은 학교여서 다양한 강좌 개설과 강사 확보에 어려움이 있습니다. 학부모나 지역 주민이 마을 교사가 되어 아

이들을 만날 수 있기를 바랍니다. 뜨개질을 잘 하는 학부모는 '생활예술' 강좌를 개설해 매주 방과후학교 수업을 하고 있습니다. 정원 12명 수업인데 매 분기 신청 때마다 일찌감치 마감되는 인기 강좌입니다. 일 년을 마무리하는 시간에는 멋진 티파티를 열어 아이들과 우아하게 차를 마시며 소감을 나누었습니다. 정성스러운 자리에서는 아이들도 정성을 다합니다.

삶을 디자인하는 아이들

- 작은 학교, 큰 아이들

두동굿즈를 사겠다는 약속

두동초등학교 번개매점!
손님이 뜸한 시간, 매점 직원들의 춤판이 잠깐 벌어졌습니다.
"골~라! 골~라! 골~라!"
랩 같은 노래를 부르며 몸을 흔들고 신났습니다.
방금 배움터 지킴이 선생님이 매점에 오셔서 음료수와 과자를

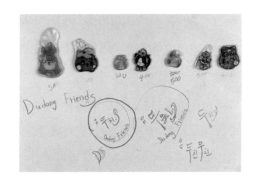

사 아이들이 수고한다고 나눠 주시고 거스름돈은 기부*하셨거든
요.

선생님은 나가다 돌아보며 물으십니다.

"유주가 아레(그저께) 나한테 얘기했던 거 물건 만들어 판다고 했
던 거는 어디 있어?"

"두동굿즈요. 여기 있어요. 마지막 하나 남았어요."

"이쁘게 잘 만들어서 다 팔렸나 보네."

"네. 이거 단감** 모양이에요."

선생님께서 사신 두동굿즈는 파란 감꼭지 머리 장식을 한 소녀

---

*   두동초사회적협동조합 주최 두동초등학교 번개매점의 수익금은 공익 활동에 쓰입니다.
** 두동의 특수작물인 단감은 (1960년대 초반까지는 판매 목적의 재배가 아니었다) 1969년
    만화리 칠조에서 집단 재배를 시작했고 1980년대 말부터 본격적으로 재배되었다. 두동
    단감은 당도가 높고 육질이 부드러우며 빛깔이 아름답고 광택이 나는 것이 특징이다. 두
    동은 다른 지역에 비해 서리가 내리는 시기가 늦기 때문에 단감 재배에 적절하다. 특히 치
    술령 자락에 자리를 잡고 있는 한디미골은 서리가 늦게 내리고 토질이 비옥해 단감 재배
    의 적지로 알려지고 있다. 〈출처:두동면지, 2001, 263~264쪽 발췌〉

를 그린 키링(열쇠고리)입니다. 며칠 전부터 아이들은 선생님께 뭘 만들어 번개매점에서 판다는 이야기를 했고 선생님은 사러 가겠다는 약속을 하셨지요. 그리고 잊어버리지 않고 두동굿즈를 사셨어요. 사진을 찍으며 잔잔한 감동을 느꼈습니다. 저는 아이들이 어떻게 두동굿즈를 만들었는지, 번개매점을 준비했는지 다 봤는데 그 수고를 선생님이 알아주신 것 같아서랍니다.

도전! 창업교실

2021년이 끝나갈 무렵 두동초사회적협동조합(학교협동조합)이 설립을 마쳐 다음해 4~6학년을 대상으로 학생조합원을 모집해서 9명이 모였답니다. 협동조합 설립 전에 두 번 열었던 번개매점을 또 하려니 굿즈를 만들어 팔고 싶다고 했어요. 두동을 상징하는 굿즈를 만들어 판다면 협동조합의 수익이 될 수 있지요. 아이들과 사회적경제*를 실험하는 '도전! 창업교실' 프로젝트를 시작했습니다.

'두동굿즈 기획' 수업은 시각디자인을 전공한 현직 화가 이진혁 선

---

* 양극화 해소, 일자리 창출 등 공동 이익과 사회적 가치의 실현을 위해 사회적 경제조직이 상호협력과 사회연대를 바탕으로 사업체를 통해 수행하는 모든 경제적 활동. 자본주의 시장경제에서 드러나는 문제를 해결하고 일자리, 주거, 육아, 교육 등 인간 생애와 관련된 영역에서 경쟁과 이윤을 넘어 상생과 나눔의 삶의 방식을 실현하려고 한다. 사회적 경제 조직에는 사회적 기업, 협동조합, 마을기업, 자활기업, 농어촌공동체회사 등이 있다. 〈출처:[네이버 지식백과] 사회적 경제 (한경 경제용어사전)〉

생님이 진행해 주셨어요. 기획의 순서에 따라 이야기를 나누다 보니 제작 단가에서 막힙니다. 예쁜 그림만 그리면 될 줄 알았더니 굿즈를 만들려면 재료비, 디자인비, 제작 인건비, 마케팅 비용, 판매 수익까지 더해야 완제품 가격이 나온다는 걸 배운 거죠. 게다가 정성을 들여 만든 굿즈를 싼 가격에 팔 수는 없다고 아이들이 말했는데, "비슷한 제품이 다○○에 있으면 어떻게 할래?"라는 물음에는 잠시 말이 없다가 "다○○에서 사요"라고 힘없는 목소리로 말합니다.

그렇지만 우리의 강점은 엄마, 아빠, 언니, 오빠, 동생, 친구, 선생님, 이웃…. "아는 사람에게 한정판매하면? 사 주겠지! 강매합시다.^^"

이 순간부터 아이들은 다시 생기가 돌아 굿즈 디자인을 합니다. 그리고 가장 저렴하게 만들 수 있는 키링을 만들겠다고 바빠집니다.

처음 프로그램을 시작할 때만 해도 아이들의 도전 정신이 이렇게 강한지 몰랐습니다. 재료 주문에 3일이 걸린다는 말을 듣고 이번에는 안 되겠고 준비 잘 해서 다음에 하자는 생각을 하고 있었는데, 선생님은 큰 문구점에 전화해 재료가 있는지 알아보자고 합니다. 전화했더니 10킬로미터 떨어진 가까운(?, 가까운 거 맞아요) 문구점에 슈링클스 종이*가 있어요.

---

* 환경을 생각하는 디자인을 기획했지만 제작 단가에서 좌절하고 열을 가하면 변형이 생기는 열가소성 플라스틱 물질인 슈링클스 종이를 구입했어요. 가격이 싸고 비교적 만들기

　기획 수업을 일요일 오후에 하고 저녁에 재료 구입, 월요일 시범 제작, 화요일 본 제품 제작, 수요일 번개매점 판매하는 일정이었습니다. 1개 1,000원, 100개 만들어 파는 게 목표입니다. 굿즈 제작하러 모이는 시간과 장소도 아이들이 정했기 때문에 제가 할 일은 아이들 배를 채워 주는 거죠. 열심히 하는 아이들을 응원하러 치킨을 사 갔어요.*

　"망했어요. 미완성이에요. 쭈글쭈글해요. 팔 만한 게 없어요. 나

<hr />

쉬웠습니다.

* 　울산교육청은 교육부에서 인가받은 학교협동조합인 두동초사회적협동조합에 사업비를 지원합니다. 학교협동조합이 직접 사업비를 교부받을 법적 근거(조례)가 없어 학교 회계로 집행됩니다. 협동조합에서 품의 서류를 올리면 서로나눔학교(울산형 혁신학교) 실무사가 결제 서류를 작성하고 교감, 교장선생님의 결제후 행정실에서 예산을 집행합니다. 협동조합과 학교가 같이 수고를 하며 마을과 학교를 잇고 있습니다

같아도 안 사요. 구려요….”

생각처럼 예쁜 키링이 만들어지지 않아 속상해하는 아이들과 일한 순서를 적어 보고 제작에 쓰인 재료와 비용을 정리했어요. 1,000원 주고 이걸 사고 싶은지 스스로에게 질문하고, 아니라면 왜 안 사고 싶은지, 다음에는 어떻게 하면 잘 만들 수 있을지도 이야기해 봅니다. 시간이 필요하고 미리 계획을 세워야 한다는 결론입니다. 일단 부딪쳐 보니 해결 방법도 찾게 됩니다.

회의를 하며 잘 진행되지 않자 회장을 뽑자고 해서 투표를 했습니다. 같은 표가 2명 나와 6학년이 회장, 5학년이 부회장을 합니다. 학생조합원 동아리 이름도 정했습니다. ‘두동협동조합’이라 하자 해서 우리는 이미 협동조합이니 협동하는 뜻을 담은 이름이면 된다고 하니 ‘쿠킹’이라고 요리하고 싶은 아이가 딴 길로 샜는데 ‘친구’라는 의견이 나오고 “무슨 친구?”라고 물으니 “두동 친구!”*라고 한꺼번에 대답했답니다.

안 망한 굿즈

“이 쓰레기를 누가 사냐? 쓰레기 처리를 어떻게 할래?”

---

* 학생조합원 모임의 이름은 ‘두동 친구들’ (줄여서 두친)이 되었습니다. 친구가 많아지면 좋겠다고 '들'을 붙였습니다. 두친의 목적은 ‘두동 발전’과 ‘자손도 조합원 되기’입니다.

"사과주스 사면 무료로 주는 건 어때? 1+1."

"아니지. 그래도 우리가 만들었는데 팔아야지. 이걸 사면 사과주스를 그냥 주는 게 어때?"

"그래. 굿즈는 돈 받고 팔자."

앞의 사진에 보이듯 두동굿즈 아래에 가격을 썼답니다. 100원부터 500원까지 있어요. 300원이라 썼다가 줄긋고 500원으로 쓴 것도 있답니다. 아이들의 마음을 보셨나요? 굿즈 제작을 하던 이틀 동안은 방과후학교 수업도 빠지고 열정을 다한 자신들의 노력과 수고에 이 정도 가격은 괜찮다는 당당함이 있습니다.

번개매점이 열리고 두동굿즈는 완판되었습니다!!!

아이들은 말 그대로 정면으로 맞서 도전했고, 아이들을 따뜻한 눈으로 바라보며 응원하는 배움터 지킴이 선생님 같은 분이 계셔서 완성되었습니다.

번개매점, 용기 내 매점

왜 번개매점이냐면 번개처럼 반짝! 잠깐만 생기는 매점이기 때문입니다. 또 다른 이름은 '용기 내 매점'인데 과자 담을 용기를 내면 저울에 무게를 재서 팔기 때문이에요. 여러 종류의 과자를 맛볼 수 있습니다.

두동초등학교 모든 아이들에게 3,000원의 기본소득을 지급해 간식과 문구류를 살 수 있습니다. 현금으로 지급할 수는 없어 쿠폰을 만들었습니다. 쿠폰 디자인은 학생동아리 '번개매점 기획단' 아이들이 했습니다. 그 아이들이 학생조합원이 되었답니다.

재미와 의미를 함께 찾아볼 수 있는 두동초등학교 번개매점에는 두동굿즈를 디자인하며 용감하게 삶을 디자인해 가는 작은 학교에 다니는 큰 아이들이 있습니다.

제4부

마을을 보며 나를 본다

마을에 살고 있으니
마을을 산책하고
마을 주민과 인사를 나누고
늘 보는 풍경도 날마다 다른 것을 알게 됩니다.
마음은 머리나 가슴에 있는 것이 아니라
발에 있는가보다 생각했습니다.
비조마을이 내 눈에 예쁘게 보이는 건
발 디디고 살고 있고
빤한 골목과 농로를
자주 다녀서 일 것 같거든요.

아주 특별하고
귀중한 것

굽은 소나무가 선산 지킨다

"이거 안 그리고 다른 거 그려도 돼요?"

○○가 바느질 밑그림을 그리다 말고 물어봅니다.*

"뭐든지 그리고 싶은 거 그리면 돼."

기하학 무늬를 그렸는데 다른 걸 그리고 싶은가 봅니다. 내심 '눈에 보이는 것을 건너뛰고 추상적인 표현을 하다니 대단하다!' 하고 감탄하던 터라 아쉬웠습니다. 뭘 그리는가 봤더니 장미꽃입니다. 옆에 앉은 친구가 장미꽃을 그린 게 예뻐 보였나 봅니다.

한 주 뒤, 다시 바느질하는 시간이 되어 아이들이 한 땀 한 땀 정성을 쏟고 있는데 ○○가 조용히 옆에 옵니다.

"이거 뜯고 다시 하면 안 돼요? 작게 뜨는 거 말고 크게 바느질할래요."

왜 그런지 물어봅니다. 바늘땀이 큰 게 더 예쁘다고 합니다. 작

---

* 두동초등학교 아이들을 자주 만나게 되면서 무엇을 하고 싶은지 물어봤습니다. 만들기를 하고 싶고 그중에서도 바느질을 하고 싶다기에 재료를 준비해 같이 바느질을 합니다. 바느질인지 바늘질인지 헷갈렸지만 둘 다 맞는 걸로 했습니다.

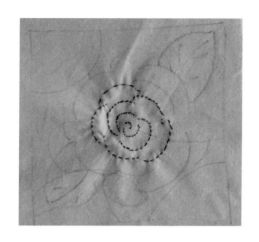

게 한 땀 한 땀 뜨기가 정말 힘들고 그걸 해낸 게 훌륭한데 다른 친구가 한 걸 보니 따라하고 싶은가 봐요.

자기가 가지고 있는 게 아주 특별하고 귀중하다는 걸 모르는 것 같아 안타까운 마음에 구슬러 봅니다.

"꽃을 잘 들여다보면 안쪽은 꽃잎이 작거든. 그러니까 촘촘하게 바느질한 게 작은 꽃잎이야. 이렇게 하기 힘든데 뜯기 아까워. 그냥 두고 바깥에는 큰 땀으로 하면 어때?"

"… 네…. 그럼 여기서 매듭 할게요."

썩 내켜하지는 않는 것 같습니다. 이럴 때는 어떻게 해야 할까요? 자기가 가진 것이 특별한데도 옆에 있는 친구처럼 하고 싶은 마음. 나도 그렇기 때문에 그 마음을 잘 알지요. 나한테 있는 것보다 내가 부러워하는 누군가에게 있는 것이 더 좋아 보이고 그렇게 안 되는 나는 보잘 것 없어 보여요.

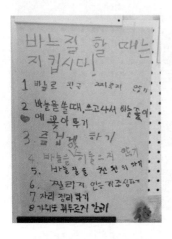

아이뿐만이 아닙니다. 어른들을 만났을 때도 같은 일이 있었습니다. 울산 근처 소도시에서 마을 교사의 역할에 대한 이야기를 나눌 때였습니다. "대한민국 인구의 반이 수도권에 있는데 우리는 왜 여기에 있을까요?"라고 물으니,

"서울에 못 가서죠."

라는 대답이었습니다.

그 말을 듣고 두루뭉술 자신을 돌보고 마을과 아이들을 돌보자는 이야기를 했는데 며칠이 지나서야 하고 싶었던 말이 생각났습니다.

"못생긴 나무가 선산을 지킨다고 하는데, 옛날에는 못생겼다고 했지만 요즘은 개성 있다고 말하잖아요."

이 말을 들은 ○○ 선생님은 '굽은 소나무가 선산 지킨다'는 속담에서 착안해 나주 어디에는 '굽은 소나무 학교'가 있다고 이야기해

주었습니다. 굽은 소나무들의 마음은 다 통하는군요. 나는 굽은 소나무입니다. 그래서 굽은 소나무 아이를 알아봅니다. 우리는 같이 못생겼으니까, 아니 개성 있으니까 이대로 좋은 거라고 가만히 지켜보고 지지해야겠습니다. '너는 멋진 아이'라고 자꾸자꾸 말해 주겠습니다. 그건 나에게 하는 말이기도 합니다.

나에게 하는 말

오늘 있던 행사는 아이들에게 잊을 수 없는 추억이 될 듯하다.

「마을 학교 꿈꾸기」에서 인용한 어린이 기자의 기사 중 마지막 구절(본서 158쪽)입니다. 무난하게 마무리했다고 생각했는데 문득 다른 생각이 떠올랐습니다. "마을 지도를 그린 아이들만이 아니라 기사를 쓴 아이에게도 '잊을 수 없는 추억'이 되었겠구나. 이 말은 자신에게 하는 말이기도 하구나."

그러니 내가 누군가를 보고 어떤 마음이 들고 어떤 말을 해 주고 싶다면 그건 나에게 하는 말이라는 걸 알았습니다. 마찬가지로 마을에서, 마을 학교에서 이런 것을 했으면 좋겠다고 생각하는 것은 나에게 필요한 것, 내가 하고 싶은 것이지요.

나 = 마을 = 아이

무위당 선생님이 하신 말씀을 아주아주 조금 알 것 같습니다.

'나는 미처 몰랐네. 그대가 나였다는 것을.'

마을을 보며 나를 본다

이렇게 제목을 쓰고는 말로 전할 수 없으니 비조마을 사진으로
대신한 적이 있습니다. 지금은 내가 마을을 보는 것일지, 마을이 나
를 보는 것일지를 생각합니다. 마을 풍경이 비뚤게 나온 사진이 있
습니다. 계절마다 다른 모습을 보여주고 노을이 멋진 곳이어서 내
맘대로 비조마을 포토존입니다. 이렇게 찍은 게 아니라 찍힌 거랍
니다.

해님은
집에 가고…

해님 잘 가. 내일 또 만나자

만화리에 이사 온 지 10년이 넘었습니다. 세 살이던 지우는 어느새 열세 살이 되었습니다. 아침 먹고 산책, 점심 먹고 낮잠 자고 또 산책하는 게 하루 일과였어요.

어느 날 창밖으로 해가 지는 걸 보고 있었어요.

"해님….."

조금 애달프게 부릅니다.

"지우, 해님 보고 있어? 해님 집에 가는 거야."

"해님 집에 가?"

"응. 해님도 집에 가서 코 자야지."

"해님 집에 간다. 으앙~~~."

지우가 갑자기 눈물을 뚝뚝 흘리며 울어서 안고 달랩니다. 나도 따라서 울컥해 코맹맹이 소리가 납니다.

"해님 집에 갔다가 내일 또 와. 내일 지우 보러 올 거야."

"해님….."

"내일 지우 보러 오니까 '해님 안녕!' 하자. 해님 안녕. 해님 잘 가. 내일 또 만나자."

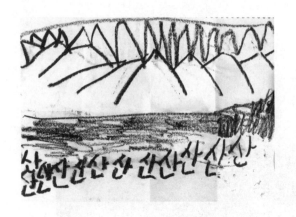

지우는 울음기가 남아있는 얼굴로 해님한테 인사를 하고 오래도록 바라봅니다.

그런데 다음날도 똑같이 해님이 집에 갈 때는 울고 인사하고 바라보고 며칠을 그랬답니다.

오래도록 바라본다

해가 지고 밤만디를 내려오면 동쪽에서 남쪽으로 뻗은 치술령 자락이 마을을 폭 감싸 안은 것 같고 어두운 마을에는 불빛이 점점이 반짝입니다. 캄캄한 골목을 돌아 산을 마주 보며 걷다가 길을 따라 오른쪽으로 돌면 산이 멀찍이 있어도 옆에서 나란히 걷는 것 같습니다.

밤에 보이는 산과 하늘은 푸릇한 색이 안 보여도 오래도록 바라보게 됩니다. 비가 오거나 안개가 자욱하게 낀 날, 눈이 온 날은 더 오래 바라봅니다. 눈 내리는 겨울밤에는 백석 시인의 '나와 나타샤와 흰 당나귀'를 찾아 읽기도 합니다.

아이들도 밤 풍경을 오래오래 본다는 걸 마을 학교 활동으로 아이들의 시와 그림을 보며 알게 됩니다.

<구름과 별>

김고은(두동초 4)

구름이 조금씩 조금씩 움직이니
부끄러 숨어 있던 별들
빼꼼빼꼼 모습이 보이니
(2021)

근거는 없지만 희망을 보는 듯한

겨울 하늘은 시리고 맑으면서 높고 북두칠성이 머리 위 북쪽에서 뜹니다. 여름 하늘은 넓고도 넓고 북두칠성이 북서쪽에 보입니다. 지난여름 구름 사이로 절묘하게 보이는 일곱 개의 별을 찍을 수 있었습니다. 근거는 없지만 희망을 보는 듯한 풍경에 기쁨이 가득해집니다.

밤하늘을 바라볼 때

우주를 보고 있는 것은 네가 아니다.

우주가 사람의 모습으로 자기 자신을 보고 있는 것이다.

오랫동안 밤 풍경에 끌리는데 이런 문장을 만나면 나는 우주가 됩니다.

추신. 책을 엮을 때 겨울밤 북두칠성을 만났습니다. 12월 25일 새벽이어서 크리스마스 선물이라고 생각했습니다.

당신이 찾고 있는 것도
당신을 찾고 있다

비조마을이 있는 두동면에는 병설 유치원과 초등학교가 있고 중학교, 고등학교가 없습니다. 인근 두서면에 두광중학교가 있어 두동초, 두서초를 졸업한 아이들이 다닙니다. 두동초를 졸업한 아이들은 범서읍(구영리), 두서초를 졸업한 아이들은 언양읍에 있는 중학교에도 진학할 수 있어 시골 학교인 두광중에 다닐지 읍내 학교(두동·두서에서 보면 시내 학교)에 다닐지 선택합니다.(간혹 6학년 2학기가 되어 울산 시내로 전학을 가기도 합니다)

　중학교에 관심을 가지는 것은 2012년 비조마을에 세 살 때 이사와 마을을 활보하며 다니던 아이가 열세 살, 초등학교 6학년이 되어서입니다. 반 친구들끼리 어느 중학교를 갈지 이야기를 나누었더니 두광중에 가겠다는 아이가 두 명이고 한두 명은 고민하고 있다고 전해 들었습니다. 지금도 두광중은 50명이 안 되는 작은 학교인데 내년 신입생이 많아도 10명이 안 된다면, 앞날이 걱정입니다. 지속가능한 지역을 이야기할 때 학교가 있는 것과 없는 것은 아주 큰 차이가 있기 때문입니다.

지역을 고민합니다

아이의 중학교 진학을 생각하며 자연스럽게 지역을 고민합니다. 이번 고민은 예전과 달리 깊어 갑니다. 이제부터 그 고민을 풀어놓겠습니다.

첫째, 인구 감소, 지역 소멸이 시대의 흐름이라면, 나는 흐름을 거스르고 있는 것일까?

2021년 12월 통계청이 발표한 '장래인구추계-2020~2070년'을 보면 우리나라 인구가 2020년 5184만 명으로 정점을 찍고 지속적으로 감소해 50년 뒤 2070년에는 3766만 명까지 떨어질 것으로 전망된다고 합니다.

현재 두동은 예외적으로 유입 인구가 늘고 있지만, 은퇴자들의 노후 생활을 위한 이주가 많습니다. 2022년 두동초 병설 유치원 신입생이 0명이었던 것은 유치원 시설이 나빠서가 아니라 아이가 없기 때문입니다. 나이 든 사람들이 살 만한 곳이 왜 아이들이 살 만한 곳이 못 될까요? 아니 왜 아이들을 키울 만한 곳이 못 될까요?

둘째, 지역(마을)에서 살고 배우고, 떠나더라도 다시 돌아올 수 있는 곳이라는 것은 판타지일까?

마을에 살고 있으니 마을을 산책하고 마을 주민과 인사를 나누고 늘 보는 풍경도 날마다 다른 것을 알게 됩니다. 마음은 머리나

가슴에 있는 것이 아니라 발에 있는가 보다 생각했습니다. 비조마을이 내 눈에 예쁘게 보이는 건 발 디디고 살고 있고 빤한 골목과 농로를 자주 다녀서일 것 같거든요. 내가 느끼는 것을 두동에 살고 있는 아이들도 알아주었으면 좋겠다는 마음으로 마을 학교를 진행하고 마을 탐험을 했고, 나중에는 이런 활동이 아이들의 발목을 잡을 수 있으면 좋겠다는 생각을 했습니다. 과연 발목을 잡을 수 있는 비빌 언덕을 마련할 수 있을까요? 지금 두동은 청년이 오더라도 집값이 비싸 살 곳이 없고, 일자리가 없고 놀 거리가 없는 곳입니다.

셋째, 하고 싶은 것 한 가지를 위해 열 가지가 넘는 일을 하는 것은 감수할 만할까?

마을이 궁금하고, 알고 싶고, 하고 싶은 것이 생기면서 마을 활동가인 줄도 모르고 마을 활동가가 되었습니다. 해가 갈수록 신청하는 지원사업의 개수는 늘어나고 본격적으로 마을과 학교를 이어서 지속 가능한 지역을 꿈꾸는 사회적협동조합도 만들었습니다. 단체가 되니 할 일이 많아집니다. 서류 작성할 게 많다고 툴툴대니 고생이 많다는 위로를 받습니다. 틀리면 고치고 모르면 물어보면 되는 서류 작성은 힘들어도 할 만합니다. 정작 힘든 건 미래를 낙관하는 것입니다.

말을 걸어줍니다

　마을 활동을 하는 사이사이 고민을 하다가 답을 찾은 듯해도 다시 고민하기를 반복합니다.
　라디오에서 루미의 시를 들었습니다.

　　당신이 찾는 것도 당신을 찾고 있다

　그 미래가 나를 찾고 있을까요?
　『소로 씨, 삶엔 무엇이 있나요?』(권은미, 눈이깊은아이)라는 어린이 철학 동화책에서 소로의 생각을 읽었습니다.

　　내가 이 세상에 온 것은 세상을 살기 좋은 곳으로 만들려는 중요한 목적이 있어서가 아니라, 좋든 나쁘든 그 안에서 살기 위해서이다.

　오늘 오후 집에 오는 길에는 벚꽃이 활짝 피었습니다. 물을 댄 논 흐린 물에 벚나무가 비쳤습니다. 내가 보는 것, 생각하는 것은 물에 비친 그림자일까요, 땅 위의 벚꽃나무일까요? '그런 건 모두 나의 장난이지' 하고 말하듯 해님도 물위를 일렁입니다.
　고민을 하고 있으니 루미와 소로와 마을 풍경이 말을 걸어줍니다. 이 글을 읽는 여러분도 저에게 말을 걸어주시면 좋겠어요.

마을에서 철학하기

- 『생태적 삶』을 읽으며

지금 할 수 있는 것

두동은 자연이 좋으니 난개발이 되지 않고 환경과 조화를 잘 이루면 좋겠어요. 앞으로는 자연에서 사람들이 쉬고 놀며 편안함을 얻고 자연과 연결되어 있다는 걸 느끼면 좋겠어요. 그러려면 생태철학이나 생명평화 같은 철학이 있어야 할 텐데 두동에 맞는 건 뭔지 잘 모르겠어요. 같이 공부하면서 찾아봅시다.

그래서 마을 활동가, 시골 공학자, 건축디자이너, 예술가 네 명이 모였습니다. 개인 주제를 정해 공부하면서 1주일에 하나씩 사진과 짧은 소감을 공유하고 몇 달 뒤 우리의 방향성을 점검해 보기로 했

습니다. 지금 할 수 있는 것을 하는 프로젝트 팀의 이름은 '재미있는 생태실천 화이팅!'의 앞글자를 따서 '재생화'입니다.

저의 주제는 '시골에서 자연 즐기기'입니다. 시골 생활을 시작했을 때는 마을 산책도 매일 하며 시골 풍경과 마을 사람들을 만나며 시골 사람으로 살았는데 요즘은 주위를 둘러볼 새 없이 바쁜 도시인처럼 사는 것 같아 잃어가는 시골 감성을 되살리고 싶어서 '(시골에서) 자연 즐기기'라고 주제를 정했습니다. 대외적으로는 '시골에서'에 괄호가 없지만 마음속으로는 괄호가 있어서 시골이든 도심이든 어디에서나 자연을 즐길 수 있다는 바람입니다.

(시골에서) 자연 즐기기

(시골에서) 자연 즐기기 첫 번째 숙제로 뭘 하지? 할 건 많은데 딱 떠오르는게 없어 고민하는데 현관 입구에 두었던 열무 씨가 보입니다. 열무비빔밥 해 먹게 열무 씨를 뿌려야지. 어디에 뿌리지? 많이 뿌리지 말고 조금만 해야지. 땅부터 고르고, 호미랑 낫 챙기자. 흙 튀니까 앞치마도 입고, 물 줘야 되니 물통도 찾고 바빠집니다. 호미로 땅을 파서 풀을 뽑는데 자그마한 돌이 꽤 많습니다. '공기놀이 하기 좋은 돌이네. 흙 묻은 채로 해도 되지만 그래도 씻어 둬야지.' 하며 대충 씻습니다. 세찬 물살에 '돌돌돌' 돌이 굴러갑니다. '아! 그래서 돌이구나' 하며 혼자 웃고 수돗가 돌웅덩이 가장자리에

올려둡니다. 어릴 때 자갈 많이 주워 한 무더기 쌓아 놓고 '많은 공기' 했던 생각이 나 잠시 그 시절 추억에 잠깁니다.

생태적 삶

열무 씨를 뿌렸는데 힘들었지만 열무비빔밥 먹을 생각에 기대가 된다고 사진과 소감을 공유했습니다. 고생했다는 댓글과 '생태적 삶이 원시시대로 돌아가는건 아닌데…'라는 댓글을 보고 '농사는 신석기시대부터인데 원시시대에 들어가나? 수렵과 채집하던 때가 원시시대 아닌가? 그나저나 생태적 삶이라는 말은 참 좋네. 검색해 볼까?' 하며 인터넷 포털사이트에서 찾아 봅니다. 같은 제목의 책이 있습니다. 앞표지에는 '현재 지구에서 가장 핫한 철학자', '티머

시 모튼의 생태철학 특강', 뒤표지에는 '폭로와 설교, 죄책감 없는 생태철학 입문', '술술 읽히는 최고 난이도의 월드클래스 그루브', '놀랍고 기이하다. 그리고 짧다. 그냥 읽으라. 녹는다.'라고 쓰여 있습니다. 목차를 훑어보니 술술 읽힐 것 같지는 않지만 관심이 갑니다. 요즘은 유튜브 세상이니 또 검색해 봅니다. 강의 영상이 꽤 많습니다. 짧은 영상을 클릭합니다. 아저씨 철학자의 영어 강의입니다. 간간이 알아듣는 단어 말고는 전체적인 내용은 모르겠지만 파키스탄 사람들과 줌으로 강의와 질의 응답한 영상을 보니 흔히 생각하는 철학자와 모습이 다릅니다. 말을 할 때 표정과 손짓이 많고 무늬가 있는(나염옷 즐기시는 듯) 화려한 옷(내 기준)을 입고 있습니다. 철학자라고 하면 딱딱한 표정으로 어려운 이야기를 하는 사람이라고 생각했는데 뜻밖이었습니다. 서점에 책이 있을까 검색해 봅니다. 울산에 한 권 있네요. 생태적 삶에 대해 무슨 이야기를 했나 궁금해서 다음날 서점으로 달려갔습니다.

생태에 마음 쓰지 않는다고? 그렇게 생각하면서도 여전히 마음 쓰일 수 있다. 생태 관련 책은 안 읽는다고? 그렇다면 이 책이야말로 바로 당신을 위한 책이다.

이해할 만하다. 생태 책은 그 자체로 혼란스러운 마구잡이 정보 투기인 데다, 그조차도 우리가 막상 접할 때쯤이면 이미 낡아 버린 것이 된다. 생태 책의 정보들은 우리의 정수리를 때려서 기분 나쁘게 한다. 충격적 사실을 외치면서 우리 멱살을 틀어잡고 흔든다.

(『생태적 삶』 티모시 모튼, 김태한 옮김, 엘피, 11쪽)

서문의 시작 부분이 마음에 듭니다. 기후 위기 공부하는 동아리를 시작했던 이유가 기후 위기 관련 정보는 많은데 현실감은 없지만 막연히 불안하고 개인이 할 수 있는 것은 없어 보여 무력감을 느꼈기 때문입니다.

이 책에는 유사사실factoid이 없다. 유사사실은 우리가 그에 관해 무언가 알고 있는 사실fact이다. 즉 우리는 그 사실이 특정 방식으로 채색되거나 양념이 첨가되었음을 알고 있다. 그것이 사실인 체하고 허풍을 떤다는 것을 알고 있다. (『생태적 삶』 17쪽)

이 부분부터 어려워져서 서문이 몇 페이지까지인지 확인합니다. 11~51쪽. '서문 왜 이렇게 길지?'라고 생각하며 계속 읽는데 다음 구절을 만났습니다.

이 책《생태적 삶》은 생태 지식을 어떻게 체험해야 하는지를 다룬다. 그저 아는 것만으로는 부족해 보인다. 내가 주장하는 바에 따르면, "그저 아는 것"은 사실 그저 아는 것이 아닌 듯하다. (『생태적 삶』 21쪽)

여기서부터 책에 빠져들어 갑니다. 왜 빠져들었는지 아느냐면 포스트잇을 붙이기 시작했기 때문입니다. '인상 깊은 구절마다 포스트잇을 붙이고 한 번 더 읽어야지. 다시 읽을 때도 그 구절이 좋으면 필사를 해야겠다.'고 생각했습니다. '그저 아는 것 ≠ 그저 아는 것 = 모르는 것'인가 생각했지만 이어지는 문장을 읽으면 '그저 아는 것'도 사물을 체험하는 하나의 방식이라고 합니다. 이것 아니면 저것, 아는 것 아니면 모르는 것이라고 어설프게 아는 척한 생각이 와장창 박살났습니다.

마을에서 철학하기

서문만 읽어야지 했는데 어렵다고 생각하면서도 100쪽 훨씬 넘게 읽으며 포스트잇을 마구 붙이고 책을 놓을 수가 없습니다. 이건 입덕의 예감입니다. 가장 마지막 장 '결론 아닌 결론'의 내용이 궁금해 미리 읽어 봅니다.

우리는 이미 다른 공생적 존재들과 얽혀 있는 공생적 존재이다. 생태적 의식과 행동의 문제점은 그것이 지독히 어렵다는 것이 아니다. 오히려 너무 쉽다는 것이다. 우리는 공기를 마시고 있고, 세균들로 이루어진 우리의 미생물체는 웅웅거리고 있으며, 진화는 배경에서 조용히 전개되고 있다. 어디선가 새가 지저귀고, 구름이 머리 위로 흘러간다. 책을 덮고 주위를 둘러보라.

우리는 생태적으로 살 필요가 없다. 이미 생태적으로 살고 있기 때문이다. (『생태적 삶』 269쪽)

와우! 이건 내가 하고 있는 거잖아. 새가 지저귀고 구름이 머리 위로 흘러가는 걸 보고 있는 것. (시골에서) 자연 즐기기. 왜 마음속으로 괄호를 치고 싶었는지 모튼 선생님이 '우리는 이미 생태적으로 살고 있기 때문'이라고 이야기를 해 줍니다. 궁금증이 풀렸으니 다시 앞으로 가서 읽던 데부터 읽습니다. 지금은 눈 앞에 닥친 원고 교정이 바쁘니까 조금만 읽어야지. 그렇지만 늘 그렇듯이 마음먹은 대로 되지 않습니다.

마을에 살며 어렴풋이 생각하던 것을 말로 표현해 준 철학자를, 그것도 동시대 철학자를 만나다니 두근두근합니다. 이런 때는 독후감이 아니라 책을 읽는 중이라도 독중감을 써야 합니다. 열무비빔밥을 먹으며 '티모시 모튼의 책을 읽고 나서'라는 독후감을 쓸 것 같았는데 밥을 먼저 먹었습니다. 열무 화이팅!

만화리 치술령,
여신의 땅

만화리 옻밭마을에는 치산서원이 있습니다. 홍살문을 지나 삼강문으로 들어가면 서원 한쪽에 커다란 매화나무가 있어 해마다 3월이면 꽃을 보러 갑니다. 지나가다 꽃 소식이 궁금해 들러보면 꽃망울이 맺히고 며칠 지나 꽃이 피기 시작해 환하게 피고 꽃잎이 비처럼 떨어지고 새잎이 돋아납니다.

조용한 분위기에 이끌려 찾아가던 곳에서 2019년 춘향대제를 지낼 때 사진 기록을 맡게 되었습니다. 춘향대제를 모시기 열흘 전부터 시작된 제사 준비 과정을 모두 지켜보며 촬영했습니다.

정성스럽게 준비하는 마음

3월 26일 신모사(神母祠) 초헌관, 아헌관, 종헌관*을 모셨습니다.
신모사는 박제상의 부인을 모신 사당입니다. 그래서 제관도 모두
여자입니다. 한복을 곱게 차려입은 제관들과 제관을 모시는 박제
상유적지보존회** 회장님은 춘향대제 망지(望紙: 제관으로 모시는 글을 쓴
종이)를 올려둔 작은 상을 사이에 두고 맞절을 합니다.

3월 27일 언양고등학교에 가서 쌍정려(雙旌閭)의 제관을 모셨습

---

* 헌관은 나라에서 제사를 지낼 때 임시로 임명되는 제관이다. 일반적으로는 제사를 지낼
  때 제관을 대표해 잔을 드리는 사람을 말한다. 초헌관, 아헌관, 종헌관으로 나눠지며, 초
  헌관은 그 제사에서 대표 격인 사람이 맡도록 되어 있다. (출처:한국문화대백과)
** 1981년 설립된 박제상유적지보존회는 지역 주민으로 구성되어, 조선 시대 영조 때 세워
  졌다가 조선 말기 서원 철폐로 없어졌던 치산사의 복원을 울주군에 청원하고 해마다 박
  제상과 부인 그리고 두 딸의 영혼을 기리는 춘향대제를 지냈습니다.

니다. 쌍정려는 박제상의 두 딸을 모신 사당이어서 제관은 모두 여학생입니다. 20명의 학생들이 제관이 되어 절하는 법을 배우는 예절교육도 했습니다.

전날에는 의식이 어떻게 진행되는지도 모르고 사진을 찍었는데 이틀에 걸쳐 여자 제관을 보는 데다가 이번에는 여학생 제관이어서 보존회 회원분께 제주가 여자인 건 처음 봐 신기하다고 말을 했습니다. 박제상 부인은 치술신모라 해서 옛날 신라 시대부터 마을에서 산신으로 모셨고 제관도 여자가 한다고 합니다. 모르는 사람들은 서원에서 지내는 제사에 여자가 나서서 하는 전통이 어디 있느냐고 하지만 "여기는 조선 시대 유교보다 더 오래된 신라 시대 전통이다"라고 말한다고 합니다.

3월 28일 울주군청과 군의회에 가서 충열묘(忠烈廟)의 제관을 모셨습니다. 충열묘는 박제상을 모신 사당이어서 제관은 모두 남자입니다.

치산서원에는 사당이 세 곳 있기 때문에 세 번에 걸쳐 제관을 모시는 절차를 진행합니다. 그리고 서원을 깨끗이 청소하고 당일 제관이 입을 한복, 목화(신발), 버선, 모자, 족두리를 살펴보고 수선하고 제기를 챙깁니다.

인사하러 한 번을 안 오냐?

4월 6일 춘향대제를 지내는 날은 따뜻한 봄 햇살 속에서 모든 일이 순조롭게 이루어졌습니다. 처음에 사진 기록을 부탁받았을 때는 한두 번 사진 찍으면 된다고 했는데 두세 번 촬영을 해도 끝나지 않자 힘들었습니다. 그러다 네 번째로 사진을 찍던—리허설을 하던—날 문득 치술신모인 여신님이 이렇게 말하는 게 아닐까 하는 생각이 들었습니다. "네가 여기 온 지가 몇 년인데 인사하러 한 번을 안 오냐? 내가 너한테 일을 시켜서 부른다."

특별히 종교가 있는 건 아니어서 대부분의 종교에서 가르치는 게 훌륭하다고 생각하는데, 토속신앙이나 민간신앙은 가르침이라기보다는 뭔가를 기원하는 사람들의 간절한 마음일 것 같습니다. 그 마음을 조금은 알 것 같았거든요.

고요해지는 곳

2020년은 코로나19로 사회적 거리 두기를 하고 아이들은 학교에 가지 못했습니다. 그때 저는 아이와 같이 치산서원까지 자주 산책을 하며 여신님께 인사를 했습니다. 지금 생각해 보니 '코로나가 빨리 끝나게 해 주세요'라고 빌지는 않았네요. 정말 아무 생각 없이 인사만 하고 돌계단을 내려와 매화꽃이 피고 지는 걸 봤습니다. 아

이는 매화나무에 올라갔고 몇 년 전보다 훨씬 높은 곳까지 올라갔습니다. 나무 너머 먼 곳을 보면 치술령 산자락이 마을을 폭 감싸듯이 둘러 있습니다.

그 마을 사람들이 지금까지 제사 지낸다

신라 시대는 산신으로 여신을 모시는 경우가 많았다고 합니다. 모계사회의 전통일 거라고 하는데 경주 선도산 서술신모, 영일 운제산신모, 지리산신모가 있고 치술신모는 신라 사람들이 박제상 부인을 신격화했다고 합니다. 치술령에서 죽은 그녀의 몸은 망부석이 되고 혼은 새가 되어 아랫마을로 날아왔다가 국수봉 쪽 바위로 갔다고 합니다. 마을은 새가 날아왔다고 해서 날 비(飛), 새 조(鳥) 비조마을이라 하고, 바위는 새가 숨어들었다 해서 은을암(隱乙巖)이라고 합니다.

치술령 정상에 신모사가 있었던 것으로 추정되는데 지금은 남아 있지 않고 1999년 울주군에서 세운 신모사지 기념비가 있습니다. 조선 시대 중종 때 완성된 『신증동국여지승람(新增東國輿地勝覽)』에는 신모사에 "그 마을 사람들이 지금까지 제사 지낸다."고 덧붙이고 있습니다. 최신 소식을 덧붙이자면 박제상유적지보존회에서 지내던 춘향대제는 2020년부터 울주문화원에서 지내고 있습니다.

그냥 이야기 그냥 사진

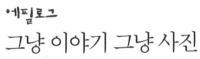

마을 이야기를 쓰고 싶다는 생각은 어디에서 왔을까 생각해 봅니다. 시작은 매일 산책하러 가자는 아이를 따라 나가 옆집에 사는 본동댁 할머니께 "자네 집을 우리 아버지가 지었잖아."라는 말씀을 들은 것이었습니다. 마을에는 듣지 않으면 몰랐을 이야기들이 더 많이 있겠다 싶어 신기하고 궁금했습니다. 그렇지만 쓰고 싶은 마음을 한참 잊고 지냈습니다. 기껏해야 자주 만나는 사람들과 풍경 사진의 짧은 이야기를 SNS에 올리는 정도였습니다. 어디선가 보고 들었을 법한 일들, 내가 들은 이야기, 내가 본 풍경이 나라는 필터를 거쳐 나옵니다. 일기 같은 이야기를 책으로 내는 게 어떤 의미가 있을지 고민이 되었을 때 여러 선생님과 친구들에게 물었습니다. 그들은 작은 씨앗을 보고 잎과 꽃과 열매를 맺는 나무를 떠올리게 하는 말을 해 주었습니다. 그냥 살아가는 이야기와 그냥 보이는 대로 찍은 사진이 모여 책이 되었습니다. 도와주신 모든 분께 감사의 인사를 전합니다.

삶도 빛나고 죽음도 빛나라*

본문을 교정할 때 같은 이야기를 몇 번씩 읽으며 에필로그는 가벼운 마음으로 술술 쓸 수 있을 것 같았습니다. 그러나 지난 겨울, 봄, 여름 사이 믿고 의지하던 선생님 세 분이 소천하셨습니다. 살아가는 모습으로 가르침을 주신 선생님들을 생각하면 아직도 마음이 무겁습니다. 마을 학교와 학교협동조합이 만들어지는 데 애써 주신 고 노옥희 교육감님, 노자·장자 공부로 삶의 이면을 바라볼 수 있게 해 주신 고 장태원 선생님, 사랑할수록 지혜로워지는 생태철학을 알게 해주신 고 신승철 선생님입니다. 삼가 고인의 명복을 빕니다.

입구는 발견되었지만 출구는 늘 발명되었다. 만화리통신의 이야기 구조는 입구에 대한 탐색과 어떤 나레이션이 이루어진 다음 출구 전략까지 참 멋진 이야기입니다. 마을 산책자의 시선에 비춘 스펙트럼으로 잠재성을 드러내는 마을이라고 할까요. 진짜 현실은 잠재현실이었다는 그 비밀.

생태적지혜연구소 웹진에 '만화리통신'이라는 제목으로 연재를

---

* 2019년 실상사 화주스님의 하안거 결제 법어입니다.

권하고 책으로 발간할 수 있게 연결해 주신 고 신승철 소장님은 마을 이야기의 가치를 철학적으로 말씀해 주셨습니다. 비밀을 알려 주셔서 두근두근하며 마을 이야기를 엮어 갈 수 있었습니다.

아무리 비슷해도 똑같은 일이 일어날 수 없는데 책을 읽으면 똑같은 일이 또 일어나요. 이모가 쓴 책이 나오면 여러 번 읽어 보고 독서록을 써 보고 싶어요. – 김시언('어쩌다 이웃' 첫째, 중학교 1학년)

시간이 지나서 기억이 확실하지 않은데 책을 읽어 보면 기억이 되살아날 것 같아요. – 김시경('어쩌다 이웃' 둘째, 초등학교 4학년)

적어 놓지 않으면 내가 기억하는 것만 과거로 인식되니 두동에 이사 오고 7년이나 되었는데도 빨리 지나간 것 같은데 책을 읽으며 회상하면 중간에 끊겼던 게 생각나면서 시간이 길어질 것 같아요. – 조자영('어쩌다 이웃' 엄마)

소소한 일상을 기록하는 건 작은 일이면서 대단한 일이에요. 삶의 의미를 찾아가는 과정이기도 하니 항상 응원합니다. – 김성준 ('어쩌다 이웃' 아빠)

마을 이야기에 종종 등장하는 시언이네는 온 가족이 책을 기대하며 이야기해 주었습니다. 학부모로 만나 마을 친구로 지내며 즐거움과 고민을 나눌 수 있어 감사합니다.

울산 시내에서 두동으로 이사한다고 말했을 때 듣자마자 잘 했다며 맨 처음으로 응원과 격려를 해 주신 울산미래공생연구소의

김연숙 님은 '유혹하고 섬기고 물들어간다'는 마음으로 마을에서 살면 좋겠다고 하셨습니다. 말과 행동이 일치되게 살도록 부단히 노력하는 생명평화결사의 선생님들과 등불 님들을 보고 배웁니다. 마을 컨설팅, 아이들과의 미술 활동, 몸으로 하는 마음공부 치술령 태극권, 그림 명상, 장자 강의, 경청의 예술 등 마을에 필요한 강의를 하러 먼 길을 와 주시는 두동 맞춤 예술가 이진혁 님의 도움을 많이 받고 있습니다. 모두 마을 밖에서 마을을 볼 수 있게 해 주시는 선생님들이어서 감사드립니다.

구수한 사투리로 이야기를 들려 주신 비조마을의 할머니들께 깊은 감사를 드립니다. 며칠 전에도 모시옷을 입고 옥수수가 들어 있는 비닐봉지를 들고 걸어가시는 본동댁 한윤오 님의 뒷모습을 보고 "옥수수!"라고 외쳤더니 "어디 갔다 오는데? 물래(먹을래)?" 하시며 옥수수를 두 개 꺼내 주셨어요. 스스럼없이 다정하세요. 여전한 비조마을 걸크러쉬입니다.

'울주군 마을공동체 만들기 사업', '울산문화재단 꿈다락 토요문화학교', '울산시 교육청 색깔 있는 다양한 마을 학교' 등을 마을에서 진행하며 비조마을을 넘어 두동의 여러 사람들을 만나게 되어 마을 이야기가 더 풍부해졌습니다. 기관에도 감사를 전합니다.

요술램프의 요정이 나타나 세 가지 소원을 들어준다면 우선 제 소원이 뭔지 알고 싶은 게 첫 번째 소원이라고 말하겠습니다. 바라는 것이 분명해야 이루어진다는 말을 듣고 딱히 바라는 게 없어 답답했습니다. 마을 이야기는 쓰고 싶은 것이라 무엇을 이루겠다는 말이 어색합니다. 오히려 이야기들이 나를 찾아온 것 같습니다. 나를 불러준 것 같은 땅과 내가 오길 기다려 준 치술여신님께는 공부시켜 주셔서 감사하다는 인사를 드립니다.

많은 것을 보고 배우며 감사할 수 있게 문 열고 집 밖으로 한 발 나오도록 나를 이끌어 준 아기 지우는 이제 중학생입니다. 엄마가 하는 일에 은근히 신경 쓰고 잘 하겠지라고 믿어 줍니다. 조용한 외조로 도와주는 지우 아빠에게도 감사를 전합니다. 두동아이들(김시언, 서예은, 이지원, 이정원)이 책의 마지막 작업인 표지그림에 마을회관, 본동댁할머니, 비조마을 단감, 만화리 블루베리를 생생하게 표현해 주었습니다. 즐거운 추억을 같이 만들 수 있어 감사합니다. 이렇게 많은 사람에게 인사를 하는 것은 이 책에 쓴 이야기는 나만의 이야기가 아니기 때문입니다. 마을 이야기를 오래 읽어 주시며 "마을에는 언덕과 논둑, 샘물같이 눈에 보이는 곳에 이름이 있었고 사당이나 당수나무에 인사를 하며 지냈는데 비조마을에는 아직 그런 것들이 생활 속에 남아 있고 이주민이 마을을 알아가는 이야기가 인상적"이라고 말씀해 주신 도서출판 모시는사람들의 박길수 대표님과 편집에 수고해 주신 분들께 감사드립니다.

여러분의 문을 열고 나오면 무엇이 보이고 들리나요? 다른 모습의 나일지도 모릅니다.

문을 열고 나오면, 마을

등록 1994.7.1 제1-1071
1쇄 발행 2023년 10월 10일

지은이 김진희
펴낸이 박길수
편집인 소경희
편 집 조영준
관 리 위현정
디자인 이주향
펴낸곳 도서출판 모시는사람들
        03147 서울시 종로구 삼일대로 457(경운동 수운회관) 1207호
전 화 02-735-7173, 02-737-7173 / 팩스 02-730-7173
홈페이지 http://www.mosinsaram.com/

인 쇄 피오디북(031-955-8100)
배 본 문화유통북스(031-937-6100)

값은 뒤표지에 있습니다.
ISBN 979-11-6629-176-0   03810

* 잘못된 책은 바꿔드립니다.
* 이 책의 전부 또는 일부 내용을 재사용하려면 사전에 저작권자와
  도서출판 모시는사람들의 동의를 받아야 합니다.